인생의 계절

미우라 아야코 – 산문 시가

인생의 계절

초판 원제 〈내일을 기다리며〉(1982년)

임종삼 옮김

문지사

지은이의 말

나는 불과 10년 남짓이지만, '시우회' 회원으로서 시를 쓰던 시절이 있었다. 짧은 그 가락에 매료되었기 때문이다.

시가詩歌는 하나의 외침이라고 어떤 문인이 말한 적이 있다. 외침이란 미리부터 생각해서 나오는 것이 아니다.

'아아!' '아름답다!' '와, 멋있다.' '난 싫어!' '아, 어쩌면 가없게도……'와 같이 순간적으로 나오는 말이 외침이다. 이런 소박한 외침을 짧은 형식으로 부른 것이 시가다.

이 책에 수록된 시 역시 각기 생활 속에서 우러나온 외침이며, 한탄이며, 기쁨이고 슬픔이다.

나는 이러한 노래에 의해 얻은 느낌을 내 지나온 삶에 투영시켜 하나의 연작 수필로 엮어 보았다. 여기 실린 작품은 그동안에 잡지나 시집에 실린 것에서 발췌한 것들이다. 여기에는 유명인도 있고 무명인도 있다.

그 어느 것이나 모두 나의 마음의 금선琴線을 울린 시 뿐이다.

원래 나는 시에 대해서는 문외한이다. 하지만 나에게 있어서 시가는 작은 존재만은 아니다. 나와 내 삶과 미묘한 관계를 가지고 있다.

폐를 앓으면서 10년간 시가에 몰두하는 동안에 나는 이상하게도 시집이라는 것은 거의 읽지 않았다. 시를 쓰기 위해 오히려 소설을 읽었었다.

그런데 소설을 쓰면서부터는 예전보다 오히려 더 시에 매력을 느끼게 되었다. 왜 그러했을까?

한 편의 시에는 한 편의 소설보다 오히려 더한 감명을 얻는 수가 많다. 꽁트라고 하는 것이 있는데, 어쩌면 이 시에는 짧은 글이지만, 한 편의 콩트인지도 모른다.

아무튼, 시 한 편 한 편에 담겨진 절규, 살아 있는 인간의 뜨거운 피와 눈물에 나는 한없는 감동을 느꼈었다. 이렇듯 내 삶과 역경이 깃들어 있는 이 자전적 산문집을 내놓아 지난 날의 나를 보는 것이 무서우리만큼 내 스스로 감동하고 있다.

많은 분들이 읽어 주었으면 한다.

늦은 가을에
미우라 아야코三浦綾子 드림

목
차

3 시인의 고독한 노래

4 인생의 계절

1

슬픔과 기쁨

슬픔과 기쁨

구름이 흘러가는
5월 하늘을 보면
그대 떠났다고는
믿기지 않네

나에게 있어서 5월이라는 달은 견딜 수 없는 크나큰 슬픔과 잊지 못할 기쁨을 함께 맛보게 해준 달이다.

위의 노래는 나를 신앙으로 인도하고 시심詩心으로까지도 이끌어준 깨복장이 친구 마에카와 마사루前川正가 죽었을 때 지은 것이다.

그때 나는 온몸에 깁스를 대고 꼼짝도 못하고 요양 생활에 들어간 지 8년째였다. 그는 하루도 빠지는 날 없이 편지를 보내 주던 진실한 의학도醫學徒였다. 결국 그는 오랫동안 폐결핵으로 고생하다가 나를 남겨두고 홀로 먼저 세상을 떠나갔다.

깁스를 대고 누워 있는 나에게는 북쪽 창 너머로 보이는 하늘만이 오직 하나의 자연 경관이었다. 손거울에 비친 그 하늘은 슬프도록 투명하게 푸르렀다. 그런만큼 흘러가는 한 가닥 구름은 유난히도 희고 맑았다. 아직도 으스스하기만 하던 북국北國의 5월 초였다.

나는 그가 죽은 뒤로 꼬박 1년 동안 애써 사람 만나기를 피하며 슬픔과 침울의 나날을 침대 위에서 지냈다.

그대는 먼저 가고
외로운 나날들을
살아야만 하는가
깁스에 몸을 묻고

이런 노래가 생긴 것도 그 무렵이었다. 그와 함께 외로움은 날로 깊어만 갔다.

그러던 어느 날 아침, 나는 뻐꾸기 우는 소리를 들었다.

그해 처음으로 듣는 뻐꾸기 소리였다. 내 눈에서 한 줄기 눈물이 흘러내렸다. 이 뻐꾸기 소리를 그는 끝내 듣지 못하고 혼자서만 갔는가. 생각할수록 내 작은 가슴은 아프게 무너져내렸다.

그대 떠나고 나서
몇 날이 흘렀는가
외롭고 쓸쓸한데
아침에 울어 대는 저 뻐꾸기

차례로 뒤를 이어 만가挽歌가 생겨나며 한 해가 지나갔다. 그리고 나타난 것이 미우라三浦였다. 그 미우라가 누워만 있던 나를 기다리다가 5년 만에 결혼해 주었다.

죽는 날을 함께 하는
예감 속에 이루어진
성당 안 결혼식
신부 앞 맹세

웨딩마치 울리는데
팔짱도 끼지 않고
서둘러 퇴장한
조급하던 이 마음

바로 어제 시집 온
아내와 뜰에 나가
파랗게 피어오른
호도꽃을 보았다

이것은 미우라가 쓴 시이다. 미우라는 지금도 결혼식 날에 예감했던 함께 죽는다는 말을 자주 입 밖에 낸다.

"틀림없이 우리 두 사람은 한 날 한 시에 함께 죽을 거요. 어느 쪽이 먼저도 뒤도 아니야."

하지만 두 살이나 아래인 그가 나와 함께 죽는다면 2년을 단명하게 되는 셈이다. 그것을 나는 늘 애처롭게 생각하곤 했다.

"제가 먼저 죽을 거예요. 그러면 좋은 색시를 얻으셔야지요. 그 결혼 때의 축사를 미리 테이프에 녹음해 드릴께."

이렇게 말하면 그는 정색을 하며 화를 냈다. 그런 말만 들어도 몸의 컨디션이 나빠진다는 거다. 우리가 결혼한 지 올해로 꼭 27년이 되었다.

집과 여자는 새 것일수록 좋다는 말이 있는데, 나 또래의 부부들을 보면 같이 죽겠다고 말하는 이들이 의외로 많음에 다소 놀라곤 한다. 남기는 것도 싫고 남는 것도 싫다는 것이 사실인가 보다.

결혼식장을 걸어 나올 때는 신랑 신부가 서로 팔짱을 끼는 것이 원칙인데, 미우라는 그것을 까맣게 잊고 있었다. 나는 알고 있었지만, 그가 팔을 내밀지 않는데 이쪽에서 먼저 팔을 낄 수도 없는 일이라, 그래서 둘이는 나란히 음악에 맞춰 식장을 나올 수밖에 없었다.

그때의 행복한 한이 남았다는 것은 좀 이상하지만, 그 후부터 우리는 오늘까지 산책할 때나 거리를 거닐 때는 언제나 팔을 꼭 끼거나 손을 맞잡고 다닌다.

아사히차와旭川의 겨울은 매섭게 춥다. 얼어붙은 길을 걸을 때는 서로 팔을 끼는 편이 훨씬 더 안전하다. 그러니까 북국에서 사는 우리들이 팔을 끼는 것은 극히 자연스러운 것인지도 모른다.

'어제 시집 온 아내'라는 귀절에 나는 지금 새삼스럽게 다함 없는 감동을 느낀다. 나에게도 어제 막 결혼한 싱그럽고 아리땁던 그런 날이 있었던 것이다.

13년이라는 긴 세월을 병치레만 하던 나는 그때 37세의 나이 많은 신부였었다. 이 때까지 나를 기다려준 미우라는 어떤 심정으로 이 파란 호도꽃을 나와 어깨를 나란히 하고 올려다보았을까.

이 파란 호도꽃 바로 곁에 새하얀 오얏꽃이 피어 있던 것을 지금도 뚜렷이 기억하고 있다. 호도꽃도, 오얏꽃도 모두가 5월의 꽃이다.

우리들의 결혼식은 5월 24일이었던 것이다.

나의 청춘 시절에 있어서 가장 슬픈 달이었던 5월은 이제 미우라와의 결혼으로 말미암아 평생에 내 생애를 통해서 가장 기념해야 할 즐거운 기쁨의 달이 되었다.

결국, 5월은 나의 청춘 시절의 슬픔과 기쁨을 다 함께 압축해 놓은 달이다.

인간, 아무리 슬프더라도 언제까지나 울고만 있어야 한다고는 볼 수 없다. 언젠가는 웃을 날도 오게 마련이다. 나는 와병 중에 어느 목사님에게 다음과 같은 성경 말씀을 화선지에 써 달라고 부탁했었다.

'밤에는 지새도록 울고 슬퍼하지만, 아침에는 기뻐서 노래하리로다.'

그렇다.

아무리 지겹고 쓰라린 밤이라도 기쁨에 노래하는 아침을

위해 참고 기다리면서 살아야겠다.

*

어느 사형수의 진실

내 곁에는 무례牟禮 사건에 관한 두툼한 문서철이 놓여 있다. 무례 사건은 시부야쿠渋谷區에 사는 이와타다마에祝田玉惠라는 여성이 1947년 4월, 한 사나이에게 납치되어 간 데서 발단되었다.

그로부터 2년 반이 지난 뒤 미야자와 토시오宮澤壽雄가 체포되어 자백함으로써 미타카 시三鷹市 무례에 있는 신메이神明 신사神社 뒤뜰에서 백골 시체가 발견되었다.

그때 미야자와는 사토 마코도佐藤誠에게서 부탁을 받았다고 죄를 전가하여 8년 복역 후에 출감했는데, 원죄怨罪를 뒤집어 쓴 사토는 그로부터 30년이라는 긴 세월을 사형수로서 독방에 갇히게 되었다.

이 사토의 무죄를 밝히기 위해 재심청구 운동이 30년 동안에 걸쳐 전개되었다. 여기에는 무례사건 전국 연락회 회장인 사코 준이치로佐古純一郎 씨를 비롯하여 수많은 사람들과 수십 개 단체가 참여했으나 아직까지 결말을 못 보고 있다. 나도 미력하게나마 이 운동에 관여하는 한 사람이다.

세상에는 무섭고 두려운 일이 많기도 하지만, 살인의 누명을 쓴다는 것만큼 두렵고 억울한 일은 없다. 자신에게는 아무런 죄도 없는데 살인범이 되어 사형이라는 최고형을 언도받게 된다. 그것은 무어라 형언하기조차 어려운 무서운 상황이다. 무고한 사람으로서는 단 하루, 단 한 시간이라도 감옥에 갇혀야 할 이유가 없다. 그런데 그것이 30년 동안이나 독방에 갇혀 지내야 한다니 얼마나 가혹한 운명인가.

죄를 짓지 않았는데 죄인으로 몰리는 억울함은 상상하기조차 어려운 일이다. 가족들과의 단란한 생활은 짓밟히고, 하고 있던 일은 영원히 손을 댈 수가 없다. 본인은 물론 가족 모두가 세상 사람으로부터 손가락질을 받고 신용은 떨어지고 이웃들로부터 경원된다. 그야말로 단장의 쓰라림이다.

법률을 모르는 문외한의 생각으로는 죄수가 재심을 요구한다는 것은 틀림없이 억울하게 죄를 뒤집어쓰고 있기 때문일 것이다. 만약 자기가 죄를 짓지 않았다 해도 다시 조사하는 과정에서 새로운 증언이나 증거가 나오지 않을지도 모르는 일이다. 그렇게 되면 형벌은 더 무거워질는지도 모른다. 징역 10년이 20년으로, 무기징역이 사형으로, 사형을 언도받은 자는 즉각 형이 집행될지도 모르는 일이다. 그래서 웬만해서는 재심청구를 하지 못하게 된다.

'혐의만으로는 벌할 수 없다.'는 말이 있다.

법을 다루는 사람들에게 나는 간절히 바라고 싶다. 재심을 청구한 자가 만약 자기의 가족이라면 하는 생각을 가질 수는 없는 것인지, 그래서 그 소원을 받아들여 줄 수는 없는 것인지, 경찰에 붙잡혔을 때의 상황부터 다시 조사한다는 일이 그렇게도 어렵다는 말인가.

설사 그것이 어려운 일이라 해도 우리 인생으로서는 다시 자신의 삶을 고친다는 것은 애당초부터 불가능하지 않은가. 우리 인간은 한 번밖에 없는 귀중한 인생을 살고 있는 것이다. 무죄인가 유죄인가를 다시 조사하는 데에 서슴없는 정열을 불태워 주길 바란다.

사토 마코토 씨는 이 30년 동안의 수감 생활을 하면서 여덟 권이나 되는 시집을 냈다. 거기에는 원통한 죄를 외치는 비통한 노래로 가득 채워져 있다. 한 수首나 두 수라면 몰라도 무고가 아니고는 수천 수백의 무실無實을 호소하는 노래가 나올 수 있겠는가. 시가詩歌를 배운 일이 있는 나로서는 특히 그런 생각이 간절하다.

무고한 이내 몸을
목 조르는 살인범
이에 대한 범행은
그 누가 밝힐 건가

이 얼마나 충격적인 노래인가. 이것은 아무리 보아도 무고한 사람이 아니고는 읊을 수 없는 시이다. 죄를 진

인간으로서는 '무고한 이내 몸을 목 조르는 살인범'이라고 하는 강한 분노가 나올 리 없다. 무실하기 때문에 자기를 사형하는 자야말로 살인범이 아닌가 하고 그는 화를 내고 있는 것이다. 이 발상은 이런 입장에 처하지 않고는 도저히 가질 수 없는 발상이다.

만약 사토 씨가 살인범이면서 이러한 시를 지을 수 있었다면, 일찍이 나타난 일이 없는 시가詩歌의 천재이거나 사람을 속이는 천재가 되었을 것이다.

인간, 자기에게 죄가 있다면 인간은 이토록 무고한 경지에 이르지 못한다.

이 노래 하나만 보더라도 나는 그가 무실하다는 것을 믿을 수 있다. 판사나 검사는 이 시에 숨겨 있는 원죄의 고통을 도대체 어떻게 듣는 것일까.

나는 문학이라는 것의 무서운 힘과 진실을 이 시에서 보았다. 게다가 이와 비슷한 노래가 수없이 그에게로부터 읊어지고 있다.

판사의 심문이 있을 거란
소식을 들은 이 아침
수갑은 채웠어도
마음만은 밝아라

재판정으로 가는 발길
왜 이리 가벼운가

집에 가는 기쁨을
가슴 속에 간직하며

이 노래 역시 사토 씨의 무죄를 말해 주고 있다. 경찰에서 처음으로 구치소로 넘어간다는 말을 듣고 기뻐했던 것이다. 형사는 몰라도 판사는 알아 줄 것이라는 기대 속에서……

교회 종도 울려라
뭇 새들도 울어라
죄 없는 이내 몸이
속절없이 떠날 때

이 얼마나 비통한 절규의 부르짖음인가.

피를 토할 듯한 외침이 하루 빨리 판사의 귀에 들릴 날을 간절히 빌 뿐이다.

*

외로움을 더하는 것들

그날은 을씨년스럽게 가랑비가 내렸다. 결혼한 지 1년쯤 지났을까. 우리 두 사람은 두 평 남짓한 방과 한 평도 못 되는 부엌이 있는 작은 집에 세 들어 살고 있었다.

원래는 헛간이던 것을 개조한 집이었는데, 미우라는 그 집에 대해 이렇게 노래하고 있다.

우리집 지붕 위는
이웃집 헛간이라
아침이나 밤이나
울리는 게다목재로 만든 신 **소리**

벽 너머 이웃집의
헛간에 쌓인 장작
밤늦게 빼내는가
천둥소린가 하노라

이 작은 오두막 같은 집에서 우린 행복했었다. 폐결핵과

카리에스에 걸린 나를 미우라는 5년 동안이나 기다렸다가 결혼해 주었다. 내가 37세, 미우라는 35세로 모두 어른이 된 결혼 적령기를 훨씬 넘은 나이였다. 서로 사랑했던 사람들이 오랫동안 기다렸다가 함께 할 수 있는 만남이었다.

그리고 그건 틀림없이 행복한 일이었는데, 그 을씨년스럽던 어느 날 미우라는 방안을 오가면서 나를 껴안아 주었다. 어쨌든 좋은 집이었다. 조금만 걸어도 둘이는 맞부딪치게 마련이다. 그때마다 껴안아 주는 미우라의 품 안에서 나는 문득 생각했다. '이 사람도 괴로울까?'

그리고 그것이 시가 되었다.

방안을 오가면서
껴안는 낭군이여
오늘 따라 당신도
외로움에 우는가

마주칠 때마다 껴안는다는 것은 신혼 초에나 있는 사랑의 모습이다. 그런데 난 그것을 외로움으로 보았다.

왜?

원래 인간은 외로운 존재라고 생각하고 있었기 때문이다. 아무리 사랑하는 사람이 곁에 있어도 우리 인간은 태어나면서부터 가지고 있는 외로움에서 결코 빠져 나올 수가 없다. 그것이 숙명이라는 걸까.

지난날, 어렸을 때를 생각하면 나는 외롭고 쓸쓸한 감정을 가장 선명하게 되살릴 수 있다.

오빠나 언니들이 서둘러 학교로 가고 나면, 어머니는 설거지도 젖혀 놓고 동생에게 젖을 물리면서 조간신문을 읽곤 하셨다. 젖을 먹는 바로 그것이 동생의 아침 식사였으므로 아마 설거지는 뒤로 미루셨는지도 모른다.

아침 다섯 시에 일어나서 3되 5홉의 밥을 짓고 아이들에게 도시락을 싸주는 것만도 힘든 일이었기에 어머니는 젖을 먹이면서라도 한숨 돌려보고 싶었는지도 모른다.

그때, 어머니는 작은 소리를 내며 신문을 읽었다. 그 소리엔 박자가 있었다. 그러면 그 소리는 뭔가 경經이라도 읽는 듯하여 어머니의 말소리 같지 않았다. 어머니와는 전혀 다른 사람이 어머니 얼굴 모습을 하고 신문을 읽고 있는 것 같은 착각에 빠져들곤 했다.

그 소리가 나에게 외로움과 쓸쓸함을 가르쳐 주었다. 어머니가 신문을 읽으면 나는 외로워졌다. 그리고 어머니가 신문 읽는 것을 그만두면 벽시계 소리가 유난히도 크게 방안을 울렸다. 그 소리가 또한 쓸쓸했다.

이렇듯 어린 시절에는 외로움과 쓸쓸함으로 가득 차 있었다. 마을 뒷골목 빈터에서 혼자 놀고 있을 때 갑자기 천둥소리를 들었다. 그때도 난 외롭고 쓸쓸했다. 이 세상에서 오직 하나 어린 내가 천둥소리와 맞서고 있는 것 같은 그런 절망적인 외로움이었다.

그리고 뒤이어 외로움은 무서움을 몰고 왔다. 알지도 못하는 사내들이 찾아와서 안방에 버티고 앉아 큰 소리로

웃을 때마다, 나는

'이 사람들은 틀림없이 유괴범들이다.' 하고 곁눈으로 그 사내들의 덥수룩한 수염을 살펴보곤 했었다.

그러나 사실은 그들은 마을 근처에 살고 있는 목수들이었다. 그런 것을 난 나를 유괴하러 온 줄로 알고 무서워했던 것이다.

결혼 뒤에도 변치 않는
외로움에 못이겨
십 년을 거르지 않던
일기를 그만두다

이것도 신혼 때 지은 노래다. 사랑하는 남편이 곁에 있고 하나님을 믿고 있어도 인간은 오직 혼자서 태어나 홀로 죽어가며 타고 난 고독을 없앨 수는 없는지도 모른다. 아무리 행복해도 인간은 외로운 존재이다. 미우라도 그 무렵을 이렇게 노래하고 있다.

장대 끝 물방울은
떨어져 갈 때마다
번쩍이는 그 모습이
왜 그리 쓸쓸한가
진단 받고 돌아올 때
겨울 강을 흐르는

소리에도 이 마음
이다지도 쓸쓸한가

검은 말 발 올리고
말굽을 잘리우네
달리던 그 기세는
어디 가고 없는가

모두가 환희의 노래는 아니다. 어딘가 어둡고 가라앉은 쓸쓸하고 외로운 시다. 어쩌면 인간은 이런 외로움에서 죽는 날까지 벗어날 수는 없는가 보다. 그러나 그래도 탓할 건 없다.

그와 같은 외롭고 쓸쓸함이 우리들을 보다 인간답게 키워 주는 것이다. 배우는 것을 가르쳐 주고 남의 슬픔을 아프게 여길 줄 알게 해 주며, 하나님을 찾는 것을 가르쳐준다.

그대 함께 있어도
외로움은 더하고
쓸쓸한 저녁 노을
성구聖句만 떠오르네

나도 이렇게 노래했던 것이다.

*

감옥이 넘쳐도

올해도 또 8월이 온다. 8월이라고 하면 곧 히로시마廣島와 나가사키長崎의 원폭을 생각하게 한다. 저 무서운 원폭이 떨어진 직후 8월 15일 전쟁은 끝났다.

그로부터 벌써 41년이 된다. 그러나 과연 전쟁은 끝난 것일까. 끝났다기보다 전쟁 전과 같은 어둡고 으시시한 기색이 세계를 뒤덮고 있다. 그토록 처참한 피해를 입힌 미국도, 받은 일본도 핵 때문에 도대체 어떤 일을 하고 있는가.

지금 세계는 핵전쟁에 대한 공포에 휩싸여 있고, 때문에 핵반대 운동이 날로 확대되어 가고 있다.

나는 『파란 가시』라는 소설에서 '당신은 전쟁을 어떻게 보는가'라고 하는 회의 장면을 썼었다. 그 속에서 원폭 피해를 입은 한 여성에게 다음과 같은 시를 소개시켰었다.

커다란 해골은
선생님 것이든가

곁에는 작은 해골
옹기종기 모였네

이것이 전쟁의 현실이며 모습이다. 원폭이 떨어질 때까지 선생님과 아이들은 노래도 부르고 춤도 추며 술래잡기도 하는 즐거운 나날들이었다. 그것이 눈 깜짝할 사이에 한 가닥 섬광 속에서 선생도 학생도 모두 새카맣게 타버리고 하얀 백골만 남기고 말았다.

지금도 나는 그 아이들이 살아 있을 때의 표정이나 말소리, 그 재롱을 상상하며 눈물을 흘린다. 이 무서운 핵을 지금 세계는 히로시마에 떨어진 정도의 폭탄을 백만 개 이상이나 보유하고 있다는 것이다.

그런데 핵만 없어지면 그것으로 모든 일이 해결될 것인가. 지금 나는 아사히카와 시에서 비핵도시非核都市 선언 운동을 추진하면서 몇 번이나 그런 생각을 해본다. 어쨌든 그 자체가 나쁘다고 본다. 어리석다고 본다. 비인간적인 것으로 본다.

모리무라 마사이치森村誠一 씨는 『악마의 포식』이라는 가공할 만한 전쟁 실태를 엮은 책을 펴냈다. 무고한 사람들을 포로로 하여 그 사람들을 산 채로 해부하기도 하고, 세균 실험을 한답시고 죽이기도 했다. 잔혹하고 냉혹하기 그지없는 가공할 사실의 기록이다.

전쟁을 인정한다는 것은 말하자면 이 세균부대와 같이 인간성 상실이 아닌가 한다.

목매어 죽은 너를
장렬한 전사라고
버젓이 적혀 있는
애달픈 참전 수기

애끓는 노래다. 젊은 학도병의 참전 수기에서 느낀 것이다. 목을 매달은 것은 그 어린 학생 한 사람이다. 그는 왜 자살하지 않으면 안 되었을까. 어쩌면

'나는 사람을 죽이기 위해 이 세상에 태어난 것이 아니다!'

라는 갈등 속에서 스스로 목을 매고 죽었는지도 모른다. 그렇다. 인간은 죽이기 위해 태어난 것도 아니고 죽임을 당하기 위해 태어난 것도 아니다. 서로 사랑하면서 살기 위해 태어났을 것이다.

스스로 목숨을 끊은 이 젊은이는 아무래도 비참한 전쟁을 끝끝내 인정할 수 없었던 것이 아니었을까. 도저히 세균부대 사람들처럼 될 수가 없었던 것이다.

그는 인간의 양심으로서 스스로 죽음을 선택한 전쟁의 희생물이었다.

서로가 한 조상을
가졌는데도
총칼을 맞대다니
들꽃 핀 언덕에서

이것은 한국 동란 때의 작품인데, 같은 나라 사람이면서 남과 북으로 갈라져 피를 흘린다. 이것은 한 나라 사람들만의 문제가 아니다. 온 세계 모든 국민들이 결국은 같은 인간끼리라는 것을 생각게 해 주는 노래가 아닌가.

어느 나라 사람은 죽여도 좋고 어느 나라 사람은 죽여서는 안 된다고 어느 누가 감히 말할 수 있겠는가.

패전 때 만주로부터 돌아온 사람들은 사랑하는 자기 자식을 중국 사람들에게 맡기고 병든 자, 늙은이들을 버려둔 채 도망칠 수밖에 없었다. 뒤쪽에서 총부리가 겨누어지는 한 도망칠 수 있는 자만이라도 도망쳐야 했던 절박한 상황이었다.

멈추면 죽어야 하는
다급한 피난길에
등에 업힌 할머니
날 버리고 가란다

작자는 이 할머니를 버리고 갔다고는 생각되지 않는다. 그러나 평화롭게 살고 있는 선량한 국민들을 이런 꼴로 만드는 것이 전쟁이라는 악마다. 우리는 국토를 넓힌다거나 다른 나라의 재물을 갈취하기를 바라지 않는다. 그저 평범하면 된다. 가족과 옹기종기 모여 앉아 알뜰하게 살고 싶을 뿐이다.

갓난아이 껴안고
마중을 나오라며
떠나가던 당신은
돌아오지 못하네

아마도 이것은 어떤 새색시의 작품일 것이다. 임신 3개월쯤 되었던 모양이다. 남편은 아내의 임신을 이미 알고 있었지만. 끝내 그 아기를 안아보지 못했다. 이런 젊은 부부들이 전쟁 중에는 수없이 많았다.

예쁜 아기를 낳아 그 애를 껴안고 나를 마중하러 오라고 말하는 젊은 남편은 다시는 조국으로 돌아오지 못할지도 모른다고 생각하면서도 이렇게 아내에게 말하고, 또 아내는 어쩌면 이것이 마지막인가 하면서도 그렇게 고개를 끄덕였다.

이런 비통한 이별을 두 번 다시는 일어나게 해서는 안 된다고 우리들 전쟁을 직접 체험한 여자들은 다짐한다. 전쟁을 하지 않기 위해서는 한 사람이라도 전쟁에 나가지 않으면 가능하다. 하지만 정부에서는 징병령을 내릴 것이다. 그런 두려움 속에서 다른 노래가 생겨났다.

이 목숨 다하도록
막아야지 징병을
엄마, 할매 모두가
감옥에 가더라도

75세의 이시이 모모요石井百代 씨의 이 시가 아사히 신문 문예란에 실린 것은 1979년 9월 18일이었다.

인구의 반은 여성이다. 이 노래를 우리들도 이시이 씨와 함께 소리 높여 불러보지 않겠는가!

*

환자의 노래

1982년 5월 21일.

나는 직장 수술을 받았다. 암이었다. 그때부터 오늘까지 40여 일, 앓는다는 것이 얼마나 어려운 고통인가를 새삼스럽게 알게 되었다.

나는 23세 때부터 13년 동안 폐결핵과 척추 카리에스로 오랜 요양 생활을 했었다. 발병 당시에는 아직 폐결핵 치료 특효약이 없어서 죽어가는 사람이 많았다.

그러므로 폐결핵 선고는 지금의 암 선고와 같아서 환자는 무조건 죽음과 대결할 수밖에 없었다. 그런 경험이 있는 나는 대변에 피가 섞인 것을 보고부터는 불안하기 그지없었다.

어쩌면 암인지도 몰라, 아니 그게 아닌지도 모른다는 상태에서 가슴을 조인 끝에 난 각오했다. 의사의 진단을 받기 전에 암이라고 미리 각오한 것이다. 스스로 단정을 내려 마음을 가다듬으니 이상하게도 안정을 되찾을 수 있었던 것이다.

그런 상황에서 나는 어느 환자의 시 한 편을 읽게 되었다.

그리하여 나는 거기서 가혹한 인생이 너무나도 많다는 것을 알았다. 건강한 사람들은 이렇게 앓고 있는 사람들의 인생과 무연無緣해도 되는 것일까.

과연 우리들의 가는 길에 인생은 병이 기다리지 않는다고 장담할 수 있을까?

비록 평생 동안 건강했다고 해도 같은 시대에, 지금 이 순간 이렇게 고통을 느끼며 살고 있는 인생이 있다는 것을 안다는 것은 인간으로서 당연한 의무가 아닐지…… 이런 일들을 생각하면서 나는 한 수 한 수 감명 깊게 읽어갔다.

아침마다 아직도
노랗고 비린 담을
뱉어내면서도 일곱 번째
수술을 허락해야 하는가

이 시를 지은 사람은 벌써 여섯 번이나 수술을 받았다. 그래도 병세는 호전되지 않는다. 아침마다 노란 담이 나온다. 아마도 폐결핵이었던 모양이다. 그 사람에게 의사는 일곱 번째의 수술을 권한 것이다. 한숨이 터져 나올만큼 지겹고 쓰라린 마음을 노래한 시이다.

나의 교우 중에 어떤 이는 스무 번이나 수술을 받았다. 친구의 아들에게 배를 채인 것이 원인이 되어 그녀의 일생은 수술의 인생이 된 것이다. 그러나 그녀는 굳센 신앙에 의지하여 살아가고 있다.

내가 암 수술을 받던 그 시간에 그녀는 삿포로에서 목사님과 함께 기도를 해 주었다.

몸마저 부었는가
덮어버린 눈두덩
열리지 않는 것이
이제는 죽음인가

퉁퉁 부어오른 눈두덩을 몇몇 의사가 번갈아 열면서 동공을 살펴본 모양이다. 그때 이 시를 지은 이는 '이제 죽는구나'하고 생각했다.

막다른 극한 상황에서도 이런 노래를 지어낸 그 생명력은 얼마나 멋이 있는가! 그야말로 임종이라고 할 수 있는 상황을 이렇게 표현한 지은이에게 나는 새삼스럽게 존경이라는 말을 상기해 보았다.

여윈 이 몸 닦아 주고
얼굴 돌린 아내 눈엔
눈물이 맺혔는가
죽음의 서글픔에

이 시 역시 가슴이 미어지는 노래다. 두 사람은 어떻게 맺어져서 결혼하게 되었을까. 두 사람 사이에는 아이가 있을까 없을까. 경제 상태는 어떤가. 그에 대해 알 바 없으나 아내는 쇠약해진 남편의 몸을 씻어주고 나서 참다못해 흐느끼고 말았다.

환자에게 보일까 봐 얼굴을 돌리고 있었지만, 그 눈물을 남편은 보았다. 남편으로서도 뭐라고 할 말은 없었다. 이 같은 쓰라림 속에 병든 남편은 가고 가족들은 외롭게 남는다. 인생의 피안彼岸에서 기다리고 있는 것은 너무나도 아프고 쓰라리다.

식모라도 시키지
퇴학을 시켜야지
무정한 사람들은
의료권을 반대하네

지금부터 30여 년 전, 패전 직후에 쓰여진 시이다. 당시에는 의료권이라는 것이 있었다. 가난한 자는 동회로 가서 의료권을 신청한다. 나도 요양소에 들어가기 전에 동장을 찾아가서 부탁했었다.

그때의 동장은 매우 온후한 사람으로서 친절하게 대해 주었는데 시를 쓴 사람의 경우는 그렇지 않았던 모양이다. 누이동생을 내보내서 돈을 벌게 하면 되지 않느냐, 동생을 학교 보낼 돈이 있으면 퇴학시키고 그 돈을 요양비로 쓰면 되지 않느냐 하는 말을 들었던 것 같다.

오랫동안 병석에 눕게 되면 의료권을 받느냐 못 받느냐가 사활 문제로 직결된다. 의료비 문제로 당시에는 곧잘 환자들의 집단 진정이 잇달았었다. 다음 시는 결핵 환자나 한센씨병나병 환자들이 그때 쓴 시이다.

농성하는 환자의
병균이 옮는다며
청사廳舍에는 때 아닌
소독이 시작되네

실력을 행사해야
진정이 관철될까
애타는 나병 환자
소방 호스 웬말인가

당신도 병들어 보오
치미는 분통 속에
약속한 동장洞長 영감
어이없어 하노라

병들어 앓는 상황도 여러 가지다. 설상가상으로 경제적 괴로움까지 겹친다. 그리고 그 괴로움을 더하게 하는 것은 정부 쪽이다.

이런 시를 읽어보면 나 한 사람의 고통쯤은 아무것도 아닌지 모른다. 하지만,

이토록 괴로운데
죽음은 어이하여
찾아들지 않는가
이것이 병이로다

역시 병든 자의 괴로움의 극한이 여기에 있는 듯하여 가슴이 미어진다.

내 병이 나아간다는
말을 들을 적엔
뛰어서 달려가던
마을 앞 구멍가게

이 시에서는 앓고 있는 한 사람으로서 순간이라도 밝은 날을 본 듯하여 기쁨이 솟는다.

간호원이여, 의사여, 그리고 정치가들이여! 병든 자의 행복을 마음속으로 빌어 주지 않겠는가!

*

헤어져도 역시

"안녕만이 인생이다."

하고 말한 사람은 누구였을까. 정말 섬뜩함을 느끼게 해 주는 말이다. 인생의 심연을 그대로 꿰뚫어 본 듯한 말이기도 하다. 헤어지는 것만이 인생이라고 보는 것도 하나의 인생관이리라.

그러나 어떤 사람은 만남만이 진정한 인생이라고 반론할 사람도 있을지 모른다. 하지만 헤어진다는 것은 만남보다도 우리 인생에 있어서 보다 오래 마음속에 새겨지는 현실이다.

특히 부부 사이의 헤어짐은 사별이나 생이별을 불문하고 모두가 복잡하고 심각하다.

얼마 전에 아내와 이혼을 결정하고 우리 부부를 찾아온 어떤 중년 남성은 이렇게 말했다.

"이런 말씀을 드리면 어떻게 생각하실지 모르지만, 만약에 다른 세상에서 결혼한다 해도 저 사람을 아내로 택할 겁니다."

나는 그 말을 듣는 순간 가슴을 때리는 듯한 그 무엇을 느꼈다. 부부 사이의 문제는 제삼자로는 알 길이 없는 일이다.

헤어질 때까지 이들 두 사람, 남편이나 아내는 틀림없이 피나는 상념 속에서 허덕였을 텐데, 다음 세상에서 다시 결혼을 하게 된다 하더라도 또 그 상대를 지금의 아내로 선택하겠다는 것이다.

그러므로 이혼이라는 사태까지는 그리 쉽게 될 수 없다는 것을 여실히 말해준 것이라고 나는 생각했다.

이혼하기까지에는 여러 가지 이유가 있을 것이다. 남편의 바람이나 아내의 불륜, 경제 문제, 건강 문제, 주위의 몰이해 등등 갖가지 사정이 있을 것이다.

내 남편을 골라준
어머니가 나중에
헤어지라고 조르니
알 수 없는 그 마음

이런 경우의 이혼도 있다. 이 시를 쓴 여성은 마음이 약해서 자신이 남편감을 고르지 못한 것일까. 아니면 어머니의 개성이 너무 강해서 부모가 시키는 대로 살 수밖에 없었던 것일까.

어쨌든 한 번밖에 없는 인생에서의 결혼은 물론, 이혼도 어머니의 뜻에 따랐던 모양이다. 그 슬프고 억울함은 틀림없이 작자 자신을 정신적으로 크게 성장시켰음에 틀림없다.

그러하여 이 시를 발표한 것은 그 사실을 말하려는 것일까? 아무튼 이런 이혼이 이 세상에는 의외로 많은지도 모른다.

그런가 하면 다음과 같은 시도 있다.

병든 그대 있기에
돌볼 수 없다며
헤어지자 조르는
남편의 하얀 손길

이런 경우, 우리들은 뭐라고 할 말을 잃게 된다.

나는 13년 동안의 요양 생활을 하는 동안에 이와 유사한 부부를 많이 보아왔다.

오래도록 병석에 누워 있는 아내 앞에 여자를 데리고 나타난 남편도 있었다. 무표정하게 이혼장에 도장을 찍으라고 내민 자도 있었다.

교회에서는 결혼식 때,

"건강할 때나 병들었을 때나 그대는 남편(아내)을 사랑하겠느뇨."

하고 목사가 묻는다.

결혼식 절차는 여하간에 남녀가 서로 부부로 맺어지는 상황에서는 당연히 물어야 할 말이다. 이 물음에 진실한 대답을 할 수 없는 자는 결혼해서는 안 된다고 말할 만큼 결혼은 인간 대사인 것이다.

그러나 이 시를 지은 여성은 병들어 있기 때문에 할 수 없이 이혼장에 도장을 찍었다.

결혼할 때는 상상도 못했던 역경에 몰려버린 것이다. 그 결과 애타는 슬픔은 버림을 받은 아내뿐만 아니라 아이들에게까지 영향을 주게 된다.

닭장 우리 철망에
매달려 피 흘리는
아들의 손을 떼어
남편에게 돌리다

이 얼마나 애절한 노래인가. 어린애는 어쩌면 세 살이나 다섯 살일 게다. 한사코 엄마를 떨어지지 않으려고 고사리 같은 손가락으로 닭장 우리 철망을 꼭 붙잡고 비통하게 울어댄다.

이 아이가 태어날 때는 어느 누가 이런 광경을 상상이나 했겠는가. 이 아이는 평생 잊지 못할 쓰라린 눈물을 살아가면서 흘릴 것이다.

그러나 아빠로부터 꾸중을 듣고 엄마에게 달려가면서 그 가는 손가락을 하나씩 철망에서 떼고 아빠 품에 안겨 엄마와는 영원한 이별을 했을 것이다.

병든 어머니에게는 사랑하면서도 아이를 말릴 힘이 없다. 경제력이 없는 것이다. 보내는 어머니도 문지방에 기대어 아들의 모습이 보이지 않을 때까지 한없는 눈물을 흘렸을 것이다.

이날을 고비로 아이는 헤어진 엄마를 그리고 어머니는 자식과 남편을 그리며 모두가 눈물의 인생을 보냈을 것이 틀림없다. 이런 무참한 이혼에 나는 다함 없는 분노가 치밀었다.

그래도 부부란 이상한 것이다. 설사 미웠다 해도, 원한이 깊이 맺혔다 해도 그 미움과 원망만이 헤어지는 부부의 전부는 아니다.

오랜만에 마주친
법정에서의 남편
헤쓱해진 그 모습에
이 마음 아파지네

가정법원에서 다투는 부부에게도 이런 야릇한 심정이 있기 마련이다.

떠오르는 그 모습
헤어졌다 하는데
상냥하던 말소리
묻어온 듯하구나.

이 글 역시 앞의 시와 같은 상념이 깃들어 있음을 알 수 있다. 이 작자에게는 이혼한 아내에 대한 노래가 이밖에도 많은데, 그의 시상詩想은 매우 복잡 미묘하다. 틀림없이 첫 번째 부인이나 두 번째 부인은 모두 같은 천리교도天理敎徒여서 한 교회에서 종종 얼굴을 마주치는 모양이다.

이혼한 그 사람과
함께 오는 아내
웃으면서 오는가
양산도 같이 받고

이러한 모습을 우리는 어떻게 보아야 하는가. 그야말로 달관한 듯한 사람의 작품이지만, 역시 말할 수 없는 갈등이 작자 자신의 마음속에 없을 리는 없으리라는 생각에 저절로 한숨이 새어 나온다.

*

어린 아이들의 모습

반달 전, 나는 석양에 홀로 문 밖에 나아가 바람을 쏘이고 있었다. 그토록 무덥던 하루가 끝나는 무렵이었다.

이때 가까이서

"아야꼬 씨!"

"아야꼬……"

하고 부르는 소리가 들려왔다. 돌아다보니 이웃집 아이가 달려오고 있었다. 여섯 살 난 계집아이였다. 나는 기뻤다. 환갑을 맞이한 내가 10분의 1의 나이밖에 되지 않은 아이에게서 아야꼬라고 불리우게 된 것이 얼마나 기뻤는지 밤에 잠자리에 들고 나서도 그 일이 생각나서 혼자 웃었다.

'미우라 아줌마'도 아니고 '아야꼬 아줌마'도 아닌 '아야꼬'라고 그 아이는 내 이름을 불러 주었다. 꼭 친구같이.

어째서 그 아이는 날 아야꼬 씨라고 불렀을까. 그 아이에게는 내가 그의 친구처럼 보였을까?

초등학교 교사를 7년이나 지낸 나는 아이들을 좋아하는 편이다. 젊었을 때 너무나도 아이들을 예뻐했으므로,

"당신같이 아기를 좋아하는 사람에게는 아기가 없는 법인데……"

하고 여러 사람이 말한 것을 기억하고 있다. 아이들을 좋아하는 사람에게는 왜 아이가 태어나지 않는지? 어째서 그런 말이 전래되는지? 나로서는 알 바가 아니다. 하지만 나는 37세에 결혼하여 틀림없이 아기를 낳지 못했으니까…

연약한 아내 등에
업힌 아이 생각하면
가엾기만 하여서
아이도 원치 않네

내 남편 미우라가 쓴 시이다. 13년이나 요양한 내 몸을 생각한, 이것이 미우라의 사랑이었다.

그러나 아이를 좋아하는 내 성격은 지금도 여전하다. 어린아이를 주제로 하여 쓴 시나 동요에 마음이 끌려 거의 빼놓지 않고 읽는 편이다. 어린애를 노래한 글은 결국 아버지의 사랑, 어머니의 사랑 노래도 된다.

저녁놀이 붉은데
갓난애를 안고서
뒤뜰로 나아가 모든
아름다움을 보이고 싶어

얼마나 감동적인 어버이의 사랑인가? 이 갓난애는 행복하게 무럭무럭 자랐을 것이다. 내 남편 미우라는 세 살 때 아버지를 여의고 외조부에게 맡겨져 15세 때까지 어머니와 헤어져 살았다.

이렇듯 미우라의 어릴 적을 생각하면 다음 시는 눈물 없이는 읽을 수 없다.

토실토실 묵직한
갓난애를 무릎에
앉혀 조그만 손가락의
손톱을 잘랐다네

모든 어머니들이 경험하는 갓난애의 따뜻한 묵직함이다. 이때 어머니도 행복하고 아기도 행복하다. 어렸을 때 어머니와 헤어진 미우라는 누구에게 안겨서 손톱을 깎였을까.

갓난애 잠든 얼굴
바라보다가 숙제의
8자를 반쯤만 쓰다
지우고 다시 썼다네

나가사키 원폭 투하로 원폭병을 앓다가 죽은 나가이永井 박사의 시이다. 자기 자신이 멀지 않아 죽을 것이라는 사실을 익히 알고 있던 나가이 박사는 이 갓난애의 잠든 얼굴이 행복하게 보이면 보일수록 가슴을 도려내는 듯한 사랑스러움을 느꼈을 것이다.

이것이 문제가 없는 가정에서 노래한 것이라면, 다만 흐뭇함을 느끼는 평범한 시였을 것이다.

얻어맞고 울고 온
어린아이 머리에
빨간 리본을
달아 주는 하얀 손

아마 밖에서 놀다가 친구에게 얻어맞고 울고 온 딸아이인 모양이다. 어머니는 그 애의 머리를 어루만지며 경대 앞으로 가서 빨간 리본을 머리에 매어 주었다. 훌쩍거리던 아이가 경대에 비친 그 리본을 보고 생긋 웃으며 어머니를 바라보았다. 이런 정경이 눈앞에 선하다. 아이에게 있어서 어머니는 그런 존재인 것이다.

놀다가 살금살금
돌아온 아이, 엄마가
있는 것을 확인하고서
슬금슬금 밖으로 나가네

어머니가 곁에 있으면 그걸로 모든 게 만족이다.

아이에게는 어머니가 있다는 것이 곧 세계가 모두 있는 것이 된다. 아무런 걱정도 없다.

그러나 이 세상에는 어머니와 헤어져서 살아야 하는 아이, 생이별이나 사별로 외롭고 쓸쓸하게 살아가는 아이도 있다. 얻어맞고 돌아와도 집안에는 아무도 없는 경우가 있다. 어머니는 이런 어린애를 위해서라도 죽어서는 안 된다. 멀리 가서도 안 된다는 생각이 새삼스러워진다.

엄마가 없는 계집아이
하얀 입김 토하며
내가 탄 자전거의
뒤를 따라 조른다

엄마가 없는 아이의 측은한 모습이 눈앞에 선하다. 뭔가 할 말을 못하고 이를 악무는 빨간 뺨의 여자아이가 눈앞에 떠오른다.

왜 이 아이는 아빠의 자전거 뒤에 타지 못했을까. 탈 데가 없었던 것일까. 아니면 자기보다 더 어린아이가 타고 있었던 것일까. 아무튼 이 노래에는 엄마 없는 아이가 선명하게 묘사되어 있다. 그리고 그와는 다른 복잡한 상념을 짓씹고 있는 다른 아이가 있다.

자식 많다 한탄하는
우리들이 하는 말

재봉틀 그늘에서
자식놈이 들었네

이 아이가 입은 충격을 생각하면 가슴이 미어진다. 아이에게 들킨 부부의 후회도 후회이지만, 이 아이는 얼마나 외로웠을까.

끝으로 사랑스런 아들을 노래한 시를 한 편 소개하기로 한다.

엉겁결에 뀐
방귀 소리 듣고서
주어서 담으라니
줍는 시늉하는 아이

*

내 곁에는 성서聖書가

할아버지 떠난 가을밤
지새며 할머니는
돋보기를 쓰고
성서를 읽으시니

남편 미우라 마쓰요三浦光世의 시이다.

미우라는 세 살 때 아버지를 잃었다. 그로부터 형과 누나는 조부모에게로 갔고, 미우라는 외조부모 밑으로 갔다. 다행히 외조부모님은 마음이 상냥하고 성서에 대한 깊은 신앙을 갖고 있었다.

또한 외조부는 학문이 높은 지식인이어서 미우라는 외할아버지에게서 성서 이야기를 들으며 자랐다. 가난한 살림이었으나 마음은 늘 풍요로운 환경이었다.

나를 맡아 길러준
가난한 농가에는

성서도 있었고
성가聖歌도 있었지

나는 미우라의 이 시를 생각하면 밀레의 '만종晩鐘'을 보는 듯한 청정한 감동을 느낀다.

미우라를 맡아준 외조부 댁은 부자는 아니었지만, 인간이 인간답게 자랄 수 있도록 가장 필요한 것이 갖추어져 있었다.

금방이라도 곰이 나타날 것 같은 홋카이도北海道의 산중 벽촌에 있는 외딴 집에서 찬송가 소리가 들려 온다. 성경 읽는 소리가 들려 온다. 그리고 벽에는 예수 그리스도의 그림이 걸려 있다. 그 얼마나 가슴 뿌듯한 정경인가.

이러한 환경 속에서 자란 미우라는 커서 독실한 크리스찬이 되었다. 돌아가신 아버지의 결핵 탓으로 아직 어린 십대 소년 미우라도 역시 결핵을 앓아 오른쪽 신장을 떼어냈다. 게다가 그로부터 몇 해 뒤에는 장도리로 국소를 뽑아내는 듯한 고통을 겪었다.

그러나 다음과 같은 목소리를 만들어 낼 수 있을 정도로 그의 신앙은 성장했던 것이다.

괴로움도 고마워라
콩팥 하나 떼내고
예수를 알았으니
이 아니 좋을손가

미우라의 형제들을 각각 조부모와 친정집 조부모에 맡기고 입산入山 수업에 나선 어머니도 역시 신앙을 가지고 있었다. 나에게는 시어머니가 되는데 퍽 마음이 따뜻한 분이셨다. 몸이 약한 나를 항상 감싸주려 하시던 그분의 말씀을 생각한다.

"몸도 약한데 조심해야지. 절대 무리해서는 안 돼. 사양 말고 고단하면 꼭 쉬도록 해라."

미우라의 어머니 댁, 즉 시집에 갔을 때 집안 일을 돌보려는 나를 한사코 말리시며 하시던 말씀을 27년이 지난 지금도 똑똑히 기억하고 있다.

미우라에게 다음과 같은 시가 있다.

고옥같이 여윈 이몸
다리 주무르시면서
한숨 짓는 어머니
약한 몸 돌보는게
내 팔자였다

그야말로 그의 어머니의 일생은 남을 돌보는 인생이었는지도 모른다. 남편은 젊었을 때부터 폐병을 앓았고, 돌본 사람의 보람도 없이 먼저 세상을 떠났다.

아들인 미우라도 신장결핵과 방광결핵으로 어머님의 극진한 보살핌 속에서 자랐다. 미우라의 형수도, 그러니까 내 동서도 폐결핵 수술을 했다.

그러니까 어머니 곁에는 언제나 환자가 있었던 것이다. 하지만 이 어머니의 신앙심은 남달리 강했다.

나와 미우라가 약혼했을 때는 불교식이 아닌 성서 교환으로 가름했다. 성서는 우리들의 새 가정을 이룩하는 중요한 토대가 되었다.

그때 교환한 성경 책에는 '약혼 기념'이라고만 새겨져 있고 날짜가 쓰여져 있다. 그 성경 책을 우리 부부는 지금까지 하루도 거르지 않고 읽어 왔다.

약혼 기념으로
교환한 성경책을
열여섯 해 아침마다
둘이서 읽어 왔네

성경을 함께 읽는 이 습관은 결혼한 지 27년, 지금까지 계속하고 있다.

사람에게는 결혼 생활의 즐거움은 여러 가지가 있을 것이다. 서로 이야기를 나누는 것도 즐거운 일이 될 것이다. 그러므로 같이 산책하는 것도, 같은 취미에 사는 것도 즐겁다. 그리고 여행하는 것도 즐겁고 아이를 갖는 것도, 그 아이가 성장하는 것을 보는 것도 즐겁다.

모두가 다 그렇지만, 그래도 아내와 남편이 성경을 함께 읽는 것만큼 커다란 위안과 평안을 가져오는 행복은 없는 것 같다.

나는 미우라가 성경을 읽어 주는 소리에 귀를 기울이면서 이 행복이 버릇이 될까 봐 혼자 걱정도 했었다.

성경을 읽는 것이 바탕이 되어 미우라는 많은 시를 만들어 냈다.

노트해 온 말씀을
난로 가에 앉아서
아내에게 들려준
행복하던 그 순간

아내인 나는 건강을 해쳐 그날은 교회에 나가지 못했다. 그런 나를 위해서 미우라는 설교하는 목사님의 말을 노트해 가지고 와서는 나에게 들려준 것이다. 한편 미우라도 앓는 날이 있었다.

그런 미우라에게 나는 몇 가지 성경 말씀을 들어 격려하기도 했다.

"하루의 고생은 하루면 족하다." "내일의 일을 걱정하지 말라." "참고 견딘 자들은 행복하다." 등등.

그때 미우라가 읊은 시는

나 좋아하는 성구聖句
병상 앞에 엎드려
읽는 아내 모습에서
병든 몸 평화로 차네

인데, 양심적인 미우라는 또 반성을 담아 여러 가지 믿음의 시를 읊고 있다.

내가 가진 모든 것
주 예수 그리스도의
것인지 알면서도
마음 들떴네, 오늘도

남을 얕보면서
기도하는 기도가
있다는 말을 듣고
교회를 나섰어라

얼굴 차마 못드는
나였기에 엎드려
하나님께 올리던
기도도 있었다네

마구간에 태어난
하나님의 독생자
화롯가에 앉아서
그 모습 그렸다네
용서하지 않으면
용서받지 못한다는

하나님의 말씀을
나, 지금도 지키지 못했구나

이렇게 미우라의 노래를 자랑삼아 인용해 온 내 눈에는 미우라의 다음 시가 있었다.

날마다 읽는다는
신약 1장, 구약 3장
오늘은 자랑하며
나에게 말했어라

하나님을 믿는 자는 무엇이든지 자랑하는 것이다. 그러나 특히 남에 대해 자랑한다는 것은 결국 교만으로 이어지는 것이다.

*

아내이기에, 남편이기에

초가삼간 허술한
비좁은 집에 살아도
거기에 사는 아내
신기하게 느껴지는구나

세상의 아내들이여! 이런 시를 남편에게서 받았다면 어떤 생각이 들겠는가. 비록 초라한 집이나 남의 셋방을 얻어 살지라도 거기에 살고 있는 자기 아내는 언제나 싱싱하게 보이는 것이리라.

나는 이 노래야말로 더 할 수 없는 풍요를 가져다준 시가 아닌가 한다.

이 여자가 아직 젊은 아내인지, 결혼 후 20년쯤 지난 여자인지 그건 알 수 없다. 그러나 자기 아내에게 신선함을 느끼는 이 남편은 분명 풍요롭고 싱싱한 사랑이 넘치는 사람일 것이다.

또한 그의 아내도 틀림없이 현명한 행동거지로 남편의

마음을 위로하는 상냥함이 넘치는 여자이리라. 그러므로 말하는 마디마디에 영리함과 귀여움이 철철 넘치는 여인이었던 것 같다. 남편도 아내도 서로 늘 신선함을 느끼며 보낸 일생이었으리라고 상상해 본다.

어쩐지 나도 '남편은 항상 신기하여라!'라는 노래를 불러보고 싶어진다.

뚱뚱해진 몸으로
내 앞을 걸어가는
아내 모습을 보면
귀여움만 더하네

미우라의 시이다. 나는 오랫동안 병을 앓았기에 어느새 추위를 몹시 느끼게 되어 버렸다. 속내의를 두 벌이나 껴입고 그 위에다 털로 된 슈미스를 받쳐 입고 거기다가 또 스웨터를 입고 겉옷까지 껴입는다.

또한 털로 된 내의를 입고 바지 속에는 털옷을 입는 나였기에, 그 위에다 외투까지 걸치면 그러잖아도 작은 키에 이건 어디서 굴러온 도토리 모양이니 보는 사람은 가관이었을 것이다.

그런 나를 앞세우고 미우라는 뒤에서 따라온다. 미우라는 절대로 내 앞을 나서서 걷지 않는다. 내가 넘어지기라도 하면 곧 손을 뻗쳐 거둘 양으로 뒤에서 지키며 따라온다.

우리 두 사람이 나란히 걸을 수 있는 길이라면 언제나

팔을 껴온다.

하지만 어쨌든 옷을 겹겹이 껴입어 뚱뚱해진 내 모습은 어쩐지 만화 같고 결코 아름다운 모습은 아니다. 그래도 미우라는 귀엽다고 노래한 것이다.

그것은 자기의 아내이기 때문일 것이다. 다른 여성이라면 꼴불견으로 보일지도 모를 내 모습에서 귀여움을 찾은 미우라를 나 또한 내 남편이기에 하고 생각한다.

부부라는 것은 결코 겉만 보고 사는 것이 아니다. 오히려 서로 결점을 그대로 보이면서 함께 살고 있는 것이다. 그 결점이나 장점 모두를 포함하여 상대를 긍정하며 살고 있다. 그것이 부부애라는 것이다.

거기에 부부의 평안도 있고 행복이 있다. 연인끼리라면 상대 앞에서 하품도 삼가하지만 부부라면 하품을 하던 코를 골던 안심하고 서로 용서할 수 있다.

뚱뚱하게 불어온
그 모습이 때로는
미워지기도 하지만
귀여움은 더하고

이 노래를 미우라가 지었을 때, 내 남편이지만 거기에서 나는 말할 수 없는 깊은 감동을 느꼈다. 그리고 이런 남편을 맞이하게 된 것을 진심으로 하나님께 감사했다. 보기 싫은 때에 더 한층 귀엽게 느껴진다는 남편이라면 이 세상에 몇 사람이나 있을까? 신장이 약한 나는 끄떡하면 얼굴이 붓는다. 눈두덩이가 처진다. 그런 나에게 깊은 동정을 갖기에 귀엽다고 말한 것이다.

부부는 같이 늙어가는 관계다. 젊었을 때의 아내가 아니다. 남편도 아니다. 건강할 때의 아내만도 아니다. 남편도 아니다.

나이 육십이 넘으면 허리나 팔다리에 통증이 오고, 혈압에 이상이 생기기도 하고, 심장 · 신장의 기능도 약해진다. 젊었을 때의 피둥피둥하던 백옥 같은 살결에도 주름이 가고 까실까실해지며 검은 머리는 흰 머리가 되어, 결코 젊었을 때의 아름다움을 그대로 간직할 수 없다. 그러한 늙음을 보기 싫다 하지 않고 그대로 받아들이는 것은 오직 부부애 때문이다.

"아, 당신도 흰 머리가 많아졌구먼!"

하고 말할 때, 젊은 사람으로는 가질 수 없는 기쁨이 넘치는 것이다.

나는 '미워질 때일수록 귀여움이 더한다'는 미우라 곁에서 지금 이 시간, 마음 편히 60세의 나날을 살고 있다.

시장 나온 아내와
마주치던 그날은
반가움에 못이겨
너털웃음 지였네

이것은 그야말로 부부의 사랑을 예찬한 글이다.

나도 미우라와 거리에서 우연히 마주친 일이 있었다. 서로가 서로를 알아보고 다가가는 두 사람 사이를 뭐라고 말할 수 없는 반가운 미소를 지으며 서로 얼굴만 들여다보며 다른 사람들은 안중에도 없었다. 그것은 서로 헤어진 지 한 시간도 채 안 되어서 거리에서 만난 것인데, 꼭 몇 년만에 만난 듯한 반가움을 느껴, 이 시처럼 너털웃음마저 나왔던 것이다.

우리 두 사람 사이에는 항상 대화가 끊이지 않는 부부인데 내가 독서하고 있는 곁에서 미우라는 혼자 장기판을 들여다보고 있는 경우가 때로 있다. 한 시간이나 두 시간을 말없이 이렇게 보내지만, 별로 그 침묵에 신경을 쓰는 것도 아니다.

곁에는 아내 있어
신문 넘기는 소리만
고요한 이 밤중에
깨어 있는 듯하여라

이 경지는 연인 사이는 아니다. 그러나 아무리 사이 좋은 부부라도 언젠가는 죽음으로 헤어질 날이 찾아든다.

너와 나 누가 먼저
죽을 건가 물으면

내가 먼저 죽는다고

입씨름만 하였네

이것이 사이좋은 부부의 노경老境의 심정일 것이다. 우리 부부도 날마다 같이 죽겠다고 입버릇처럼 되뇌이지만 하나님은 누군가를 먼저 하늘나라로 불러 가실 것이다.

*

학생들 앞에서

하나님이 만약 무엇이나 소원하는 것을 주신다고 하면 나는 서슴없이 초등학교 교사를 바랄 것이다. 내가 초등학교 교사였던 때는 전쟁이 한창이던 1939년부터 패전 다음 해인 3월까지의 7년 동안이었다.

나라가 싸우고 있을 때 나는 교사가 되었다. 전쟁 중의 교사였다는 것, 만 17세가 될까말까한 어린 나이로 선생이 되었다는 것, 교육이 무엇인지도 모르고 교사가 되었다는 것, 그리고 사랑이 무엇인지도 모르고 교사가 되었기에 나는 다시 한번 교사가 되어 보고 싶은 것이다.

실패뿐인 교사 생활이었다. 그랬음에도 불구하고 그 교사 시절만큼 순수하고, 거침없이 자신을 연소시킨 적은 내 평생에 일찍이 없었던 것 같다.

요즈음 학교 선생님들이 쓴 시를 읽으면 나는 새삼스럽게 교사라는 직업이 얼마나 힘든 일인가를 느끼게 된다.

물들인 군복 입고

교단에 서는 나를
곁에 있는 동료가
곁눈으로 흘기네

이 시는 물론 패전 직후에 쓴 것이다. 두 젊은이는 전쟁터에서 돌아와 다시 교단에 섰다. 한 사람은 군복에 물을 들여 입었고, 한 사람은 카키색 그대로인 군복을 입고 교단에 섰다. 입을 것이 없던 시대, 두 사람은 군복을 그대로 입을 수밖에 없었다. 군복에 물을 들여 입고 있는 동료에게 작자는 틀림없이 묘한 심정을 느꼈을 것이다.

그 미묘한 심리가 일상적인 평범한 대화에도 나타나던 어려운 시기였다. 이런 때였으므로 다음과 같은 시도 쓰여졌다.

꾸짖고 싶어지나
참아야만 하는가
전쟁 때 하사관은
이다지도 슬픈가

군대에서 쓰던 말
엉겁결에 나왔네
학생들을 꾸짖는
선생님의 입에서

앞에 것은 큰소리로 학생들을 꾸짖으려다가 망설이는 하사관 출신이 쓴 글이다. 여기에도 군인이었던 자의 쓰라린 반성이 역력히 느껴진다. 두 번째 것도 표현은 다르지만 같은 심경임에는 틀림없다.

국민들은 절실하게 평화를 바라고 있었다. 도쿄, 나고야, 오사카를 비롯하여 도시라는 도시는 모두 불탔고 원자폭탄이 투하된 히로시마와 나가사키는 유독 아무것도 남지 않은 새까만 허허 벌판이었다. 여기서는 갓난애도, 산모도, 환자도, 늙은이도 그리고, 남자도, 여자도 모두 무차별하게 죽어갔다. 그런데도 아직 한국을 비롯하여 많은 나라들에서 일본은 살육을 계속했다. 그런 뒤의 허탈한 패전 후의 세계에 있어서 오직 하나의 희망은 평화헌법에 의한 국가 확립이었다. 그런데 패전 후 불과 6년도 못 되어 벌써 다음과 같은 노래가 버젓이 신문지상에 실려졌다.

자주성 없는 내가
교원이 되어 혼자
학생들 앞에 서서
평화를 말할 수 없네

평화라는 말은 벌써부터 하나의 금기 사항이 되어가고 있었다. 나는 이 시의 작자를 알고 있는데, 이것은 그의 하나의 시평時評이라 생각된다. 감수성이 강하고 건실한 교원인 그의 한맺힌 부르짖음이 아닌가 한다.

허탈한 모습으로
창가에 기대 있는
학생을 보고부터
더 어두워진 내 마음

이것이 교사의 생활이다. 어떤 일에나 모두 사랑이 필요하지만, 특히 교사라는 직업은 사랑 없이는 해낼 수 없다.

한 학생이 허탈한 모습을 하고 있었다. 희망도 없고 의욕도 없는 얼굴 표정이었다. 그것이 교사의 마음을 어둡게 한다. 그 학생이 왜 허탈해 있는가를 이 교사는 알고 있는지도 모른다. 위로할 수도 격려할 수도 없는 사정을 안고 있는 학생인지도 모른다.

그러나 어쩌면 이 학생의 허탈한 모습을 보고 그저 마음이 걸렸는지도 모른다. 어쨌든 교사라는 자리는 학생 한 사람 한 사람에게 신경을 쓰며 살아가는 신세이다.

열 하고도 몇 사람을
낙제시켜야 했던
가혹했던 처사를
꼭 해야만 했는가

나도 일찍이 초등학교 교사 시절 때, 학생 둘을 낙제시킨 일이 있다. 그들은 초등학교 1학년이었다. 아직 17, 8세였던 나는 그 아이들의 장래를 생각할 때, 1학년 때 충분한 학력의 기초를 닦아 두는 것이 그들 일생을 복되게 할 것으로 믿었던 것이다. 진급 회의가 끝난 뒤에 한 선배 교사가 나에게 귀띔을 했다.

"낙제는 될 수 있는 대로 시키지 않는게 나아."

그 말이 내 가슴 속을 더욱 무겁게 했다. 잘 되라고 낙제시킨 건데, 어쩌면 그 아이의 일생에 상처를 주었는지도 모른다. 이렇게 생각하니 40년이 지난 지금도, 다시 한번 교사를 해보고 싶어진다.

낙제한 아이들과
찬 바람 몰아치는
거리로 함께 나와
먹을 것을 사 먹이다

이 착잡한 심정을 나는 알 만하다. 맛 있는 것을 사 먹여도 소용없는 일이다.

나체화 보일 적마다
웃어 제친 아이들
미술사美術史 환등회도
소용없는 일이네

이것은 교사의 희비극이다. 미술사 환등회는 격조 높은

모임이어야 한다. 그런데 아이들에게는 미술이고 뭐고 문제가 아니고, 다만 발가벗은 것이 우습게 보인 것이다. 이런 희비극은 비단 미술 시간에만 벌어지는 게 아니다. 교사들의 이상은 현실적으로는 항상 엉망이 되기 일쑤다.

자기 딴에는 열심히, 열을 올려 진지하게 가르치지만 아이들 눈에는 그것이 오히려 우스꽝스럽게 느껴질 때도 많다.

*

2

그대, 아내를 사랑하는가

평범한 나날 속에

그것은 내가 막 요양 생활에 들어갔을 때의 겨울에 일어난 일이었다. 지금부터 37, 8년이나 지난 옛날 20대 때의 일이다.

나는 저녁 식사를 마치고 창가에 서서 하늘을 보았다. 창밖엔 이웃집 지붕이 잇대어 있고, 온통 하얀 눈에 덮여 있었다. 그리고 서쪽 하늘에는 파란 초승달이 걸려 있고 바로 그 옆에는 샛별의 강렬한 빛이 있었다.

나는 그 지붕에 쌓인 눈과 달과 샛별이 연출해 내는 장중한 겨울밤의 경관을 숨을 죽이며 바라보았다. 그것은 신비에 가까운 황홀한 광경이었다.

그리고 나는 영원, 유구, 청정, 실존이라는 철학적 상념에 젖어 들었다. 그때 나는, 만약 내가 시를 쓸 수 있다면, 이 감동을 한 편의 노래로 남길 수 있으련만…… 하고 언짢아했던 것을 기억하고 있다.

달이니, 별이니, 눈이니 하면 사람들은 진부하다고 웃을지도 모른다. 그러나 그것이 과연 진부한지 어쩐지 한마디로 말할 수는 없는 일이 아닌가 한다.

나는 요즘 이런 생각을 한다. 진부하다고 생각했다면 그렇게 생각한 사람의 감성이나 심정이 진부해졌을 뿐이며, 자연 자체는 항상 비범한 것이라고 생각된다.

밤낮 세탁이나 요리, 청소 등등 살림에 쫓기고만 있으니 이게 도대체 뭔가, 창가에서 보는 광경도 하도 많이 보아와서 이젠 싫증이 났다라고 우리들은 생각할 때가 있다. 그때는 우리들의 마음이 너무나도 지쳤기에 보아야 할 것을 미처 보지 못하고 있는 것이다.

3년 전, 나는 얼굴에 생겨난 대상포진 때문에 하마터면 실명할 뻔한 일이 있었다. 언제 실명하게 될지 모르는 초조한 나날 속에서 내가 본 우리 집 뜰은 모두가 새로웠다.

맑게 개인 날의 뜰, 비 오는 날의 뜰, 석양빛이 감도는 뜰…… 그 순간들을 나 자신이 아쉽게 생각했기 때문이다.

요즈음 나는 요가를 하면서 드러누워 있었다. 그때 계단 밑에서 올려다본 2층 천정이 왜 그리 높게 보였는지. 평소에 그런 각도에서 본 일이 없었기에 내 집이지만, 꼭 내 집이 아닌 것 같은 새로운 느낌이 드는데 나는 깜짝 놀랐었다.

미우라는 곧잘 자연의 노래를 읊는다. 나로서는 도저히 할 수 없는 일이어서 항상 반복을 하지만, 그것은 각도를 달리해서 볼 때 눈에 익은 풍경도 그렇게 새롭게 떠오르는가 보다.

땅에 깔린 회양목
움츠린 아침이면

하얀 겨울날의
햇빛이 스며드네

땅을 기다시피 깔려 있는 회양목을 들여다보고 있을 때, 구름 속에 가리워진 하얀 태양이 눈부시게 비쳐 온다. 우리가 보통 보고 있는 정원 주위에 서 있는 회양목도 보기에 따라서는 이런 노래가 된다.

짙푸른 겨울 하늘의 구름 속에 가리워졌던 태양빛이 구름 사이를 뚫고 잠깐 동안 비춰 왔을 때에 느낀 작자 미우라의 마음의 움직임을 나는 안다.

이때 미우라는 몸이 불편해서 몇 달째 직장을 쉬고 있었다. 그런 만큼 구름 사이로 바치는 겨울 햇살과 앙상한 회양목 가지가 미우라의 마음을 달래 주었는지도 모른다. 얼핏 보기에는 평범하기만한 심상적心象的 작품이라고 생각된다.

쉬엄쉬엄 걸어오는
늙은이를 보았네
새싹 웃는 제방뚝엔
아지랑이 피어나고

미우라는 제방의 뚝길을 걸어간다. 저쪽에서 한 늙은이가 걸어오고 있다. 단순히 그것뿐인 노래지만, '쉬엄쉬엄 걸어온다'는 귀절에서 노인의 모습이 제삼자에게도 뚝뚝히 떠오른다.

그리고 그 노인이 아지랑이 피어오르는 속을 걸어온다는 사실 속에서 태동하는 자연의 생명과 쉬엄쉬엄 걸어오는 인간의 늙음이 대조를 이루고 있어서 인생의 애감哀感을 불러일으킨다.

우리들은 평소에도 얼마든지 이런 노인의 모습을 보고 있을 텐데, 실은 보고 있으면서도 아무것도 보지 못하는 나날의 생활이 아니던가.

느티나무 숲 위를
원 그리며 맴도는
둥지 찾는 맵새에
석양빛이 곱구나

해질 무렵, 각종 새떼들이 원을 그러면서 느티나무 숲 위를 크고 작게 맴돌고 있다. 때마침 석양빛이 그 새떼들을 비춘다. 아마 느티나무도 새떼도 아름다운 저녁놀로 물들었던 모양이다.

'원을 그리며'라든가 '석양빛'이라는 말은 그 얼마나 정확한 표현인가. 대조對照를 찾은 이 정확한 눈은 도대체 어디서 생겨나는 것일까?

그것은 얼핏 보기에는 평범하기만한 나날의 생활을 소중하게 사는 데서 길러진 것이 아닐까.

지빠귀 쪼아내는

꽃잎이 소복한데

그래도 벚꽃만은

말없이 피어나네

이것도 역시 아름다운 노래다. 해마다 보아온 것이지만 세련된 신선함으로 이 아름다운 광경을 그리고 있다. 벚꽃은 아직 활짝 핀 정도는 아니었다. 그러나 꽃이 질려면 더한 화려함이 있어야 한다. 그 꽃을 지빠귀가 와서 자꾸만 쪼아 떨군다.

땅 위에도 눈보라 같은 벚꽃잎…… 꽃잎…… 나무 위에도 꽃잎, 이런 벚꽃은 나도 어느 공원에서 본 적이 있다.

비둘기만한 지빠귀를 처음 본 미우라는 거기다가 카메라를 들이대고 있었다. 그때의 지빠귀도 열심히 꽃잎을 쪼아 대고 있었는데, 여기서 심술궂은 새라는 생각이 앞선다면, 이 노래와 같은 아름다운 시는 생겨나지 않았으리라.

이와 같은 고요하고 풍요로운, 그리고 깊은 마음으로 사물을 응시하고 평범한 속에서도 늘 새로운 발견을 할 수 있는 나날이 되었으면 한다.

*

흙 속에 삶의 꿈이

얼마 전에 어떤 사람으로부터 '무지한 농민'이라고 하는 말을 들었다. 왜 농민이 무지한가?

나는 그때 홀연히 히구치樋口作太郎(일본 소화 초기의 유명한 작가) 씨를 생각했다. 그는 평생을 농사일에 바치고 살았다.

우리 인간들은 그야말로 까닭없이 차별을 한다. 대학을 나와 관청이나 일류 회사에 취직하면 인텔리라 하고, 의사는 그보다도 더한 지식인으로 보는 이가 적지 않다. 과연 그럴까?

농사꾼 히구치 씨와 비교하여 그보다도 더한 지적이고 정서 풍부한 생활을 하고 있다고 말할 수 있는 사람은 그리 많지는 않으리라 생각된다.

히구치 씨는 내가 담임한 학생의 아버지였다. 17세 때부터 81세까지의 64년간 세상을 떠나던 1975년까지 거의 날마다 빼지 않고 일기를 썼었다. 그것만으로도 그의 굳은 의지를 알고도 남는다.

하루도 거르지 않고 날마다 쓸 수 있다고 하는 사상과

정감, 그것을 갖는다는 일상은 예삿일이 아니다. 게다가 일기에는 그때 그때의 시정詩情을 담은 노래를 곁들였다. 중노동인 그의 농사일을 생각할 때 저절로 숙연해질 뿐이다.

전쟁 중에 종종 나는 히구치 씨로부터 편지를 받았었다.

전시였으므로 그는 징용에 나가 있었다. 그 편지에는 꼭 길고 짧은 시가 곁들여져 있었다.

지금 내 곁에 『히구치 시가집』이 있다. 1922년부터 67년까지의 작품 중에서 골라 단행본으로 엮은 것인데 1천 백여 수가 수록되어 있다.

다음 그 몇 가지를 골라 소개할까 한다.

2월도 저무는데
태양 빛을 안고서
눈 덮인 들녘 길을
말썰매로 달린다

북쪽 나라 아사히카와旭川의 2월은 살을 에이는 듯한 추위다. 설사 볕이 난다 해도 말썰매로 달릴 때는 뺨을 스쳐가는 겨울바람은 바늘로 찌르는 듯하다. 그런 데서 굳세게 살아가는 히구치 청년의 모습이 아련히 떠오른다.

구십도 오르내린
한낮의 논 속에서
김을 매는 아낙네

어지러워 넘어진다

과격한 노동의 고통, 경험이 없는 우리로서는 상상하기도 어렵다.

김 매던 모습으로
거리에 나갔더니
길 가는 사람들은
구경인가 하더라

사람들은 겉보기를 좋아한다. 논에서 김을 매던 허구치 청년은 밭에서 일하던 차림 그대로 거리에 나갔던 모양이다. 그 모습을 본 사람들의 시선은 어떠했을까. 상상하고도 남음이 있다. 옷에는 온통 논흙으로 범벅이 되어 있고 얼굴에도 군데군데 땀과 흙먼지로 더럽혀져 있었을 것이다. 그러나 그는,

흐르는 개울물에
구름이 떠 있어라
바닥까지 보이는데
자갈이 아롱지네

이처럼 피어린 노동 뒤에 맑고 시원한 냇물에 몸을 담그는 정취도 읊을 수 있는 아름다움에 민감한 청년이었다. 그리고

또,

눈 아래 연단 앞에
앉아 있는 그 모습
대머리진 머리는
아버지인가 하노라

와 같이 그는 사람을 앞에서 연설을 하는 청년이기도 했다. 또 그의 아내도,

부인회婦人會의 강연을
듣겠다고 조르는
김 매다 멈춘 아내
눈빛이 영롱하다

이와같이 지금으로부터 55년이나 지난 옛날 1931년, 부인들이 강연회에 간다는 것은 생각조차 못하던 무렵, 이렇게 그 아내는 능동적인 삶을 바라고 있었다. 농사짓는 이 부부의 일상 대화가 어떤 것인지 충분히 알만하다. 이 시집의 후기에 히구치 씨는 이렇게 쓰고 있다.

'중학교 5학년 때 진학할 뜻도 없는데도 아버지의 장서 속에서 윤리, 철학, 심리학 등등의 여러 가지 책을 닥치는 대로 읽었는데, 『사서오경四書五經』 중에서 특히, 〈역경易經〉은

재미가 있었다. 또 불교에 관한 것도 즐겨 읽었는데, 하루는 창고 속에 틀어박혀 하루만에 『법화경法華經』을 다 읽은 기억도 있다.'

그는 결혼 후 구도求道하기 위해 새아씨를 남겨둔 채 일등원一燈園에 있는 니시다덴코西田天香 스님을 찾았다. 그 뒤로 집에 돌아오기는 했으나 그로부터 그의 일생은 오직 구도의 일생이었으며 농사를 지으면서 불교에 대한 조예를 쌓았는데, 아사히카와에서 그를 따를 자가 없었다. 게다가 성경에도 일가견을 이루고 있어서 그 지식의 넓음은 나 같은 사람은 도저히 따를 수가 없었다.

하나님 아버지께
기도 드리고 나서
붓을 들어 단숨에
후보 이름을 적었다

투표소에 가서 그는 조용히 주기도문을 드린 것이다.

'주기도문'이란 예수가 제자들에게 이렇게 기도하라고 가르친 기도문으로서,

"하늘에 계신 우리 아버지여, 이름을 거룩히 여김을 받으시오며, 나라에 임하시오며~~"

인데, 그는 여기까지 기도드린 다음 마음을 가다듬고 후보 이름을 적은 것이다. 그 어느 사람이 투표에 앞서 이토록 간

절한 기도를 드리고 임하는 사람이 있겠는가.

책방에서 신간을
뒤적이는 사이에
거리에 매어둔 말
가자고 울부짖네

칠십이 넘었어도
붓 벼루 놓지 않는
아버지의 높은 마음
잊을 수는 없어라

그대 전사하던 날
우리들은 들에서
베어 놓은 보릿단을
옮기고만 있었네

벽암록壁岩錄을 외우고
관세음보살 뇌이는
구슬픈 아내 소리
베틀을 오르네

유별나지 않은 평범한 일상생활 속에서 태어난 이 시들 속에 히구치 일가의 나날의 삶이 응집되어 있다. 그 누가 농민을 무지하다고 말할 것인가.

농민은 무지하다는 턱도 없는 말을 아무렇지도 않게 내뱉는 자는 지금이라도 이 노래들 앞에서 무릎을 꿇고 한 번쯤 진지하게 자신을 돌이켜봐야 할 것 같다.

땅 파는 농민, 땀과 먼지로 뒤범벅이된 그 베잠방이는 성의聖衣와도 같지 않은가!

*

잊혀져 가는 벗들

지난 가을 근교를 자동차로 달리던 때의 일이었다. 들녘에 말 한 필이 꼴을 뜯고 있는 것을 보고, 나는 엉겁결에

"저것봐요. 말이에요, 말!"

하며, 곁에 있는 미우라의 옆구리를 찔렀다. 그리고 순간 느낀 것은 한 마리의 말이 어느새 이토록 진기한 존재로 되어 있다는 사실이었다.

전쟁이 끝나고 얼마 동안은 아사히카와에서 아직도 말은 그렇게 귀한 존재는 아니었다. 더욱이 전쟁 전에는 말은 인간에게 없어서는 안 될 절대 필요한 도구로서 어디를 가나 마차나 썰매를 끄는 모습을 볼 수 있었다.

시내 곳곳의 주택가에도 반드시 마구간이 있어서 거기서는 말이 얼굴을 내밀고 오가는 사람들을 물끄러미 바라보는 광경도 있었다. 그러나 지금은 이런 아사히카와에도 말을 보기가 매우 어렵게 되었다.

정말 이래서 되는 것일까! 과거에는 인간 곁에 말이 있고 소, 염소도 있고 토끼, 닭도 있었다. 그런데 지금은 기껏해야

개나 고양이뿐이다. 더욱이 아파트나 맨션 같은 데서는 그런 고양이마저도 기르지 않는다고 한다.

『구약성서』의 창세기에는 다음과 같이 쓰여 있다.

'하나님이 가라사대 땅은, 생물을 그 종류대로 내되 육축과 기는 것과 땅의 짐승을 종류대로 하시고……'

즉 창조주이신 하나님은 인간에게 걸맞는 조수로서 새나 짐승을 창조하신 것이다.

조수란 물론 떼놓을 수 없는 소중한 벗이다. 그 벗이 어느 틈엔가 현대사회에서 자취를 감추고 있다. 소나 말은 경운기로 바뀌고, 소나 말이 끌던 달구지는 트럭이 되고 마차는 버스가 되었다.

먼지 낀 마차 위에
짐이 실리는 동안
아침 구름 짙은데
말은 어이 우는가

이 얼마나 마음 차분해지는 정경인가. 이런 정경을 바라보면서 아이들은 학교로 갔던 것이다. 그때 아이들의 마음에 끌린 감정은 현대에 커다란 쓰레기 차를 바라보는 기분과는 전혀 다르지 않았을까.

하얀 눈 등에 업고
서 있는 저 말 보소

지나가는 말꼬리를
목을 돌려 바라보며

이것도 미우라의 노래다. 요즘의 차와 차의 만남에서는 도저히 볼 수 없는 정경이다. 인간의 마음을 흐뭇하고 훈훈하게 해 주는 정서가 있기에 역시 말을 귀중하다고 하는 것이리라.

넘어져 있는 말에
코를 갖다 대주는
말 있으니 이상타
모여 있는 말 중에

언제이던가, 낚시터에 갔을 때 호숫가 목장에서 본 광경이었다. 넘어져 있는 말을 둘러싸고 다른 말들이 뭔가 불안한 듯한, 걱정스러운 듯한 모습이 지금도 역력히 눈앞에 떠오른다.

하나님이 내려주신 우리들의 벗은 정말로 마음 상냥한 존재다.

저녁놀이 깔린
언덕길을 오르네
가득히 꼴을 싣고
배부른 무거운 몸

그림 같은 시다. 이것이 현대에는 말이 아니라 자동차이므로, 아무리 엔진을 돋구어 가며 어슬렁어슬렁 언덕길을 오른다 해도, 그것을 보는 마음에는 말에 대한 연민의 걱정 같은 것은 느껴지지 않는다.

"저거 고물차 아냐. 너무 낡았어. 언덕도 못 오르고 쯧쯧쯔. 적당히 바꿔 치우지 그래."

보고 있는 사람은 무책임하게 이런 말을 한다. 메말라 까칠까칠해진 감정밖에 솟아나지 않는 것이 기계를 상대하는 인간의 마음이 아니겠는가.

풀밭을 헤쳐 가는
뿔 달린 저 소 보소
순한 그 눈빛으로
주인을 쳐다보네

앞에서 말한 미우라의 '목을 돌려 바라보네'는 말이 다른 말을 바라보는 모습이었으나 이 시는 소가 인간을 순하디 순한 눈초리로 쳐다봤다고 노래하고 있다.

인간과 소와의 마음의 동참이 노래로 이어졌다고 말할 수 있다. 요즈음은 이 소도 물론 경운기나 트랙터로 바뀌었으니 이러한 정경은 이제 먼 옛날의 추억으로밖에 남지 않게 되었다. 경운기가 순한 눈으로 주안을 바라본다든가, 음메~ 하고 울지는 않을 것이니 말이다.

또 다음 시와 같이

목마를 때는 목을
길게 늘어뜨리고 목이
간지러우면
목을 빼는 우리 소

처럼 하지 못한다.

이렇게 보면 아무래도 인간세계의 문명은 너무 지나쳐간 것이 아닌가 한다. 하나님은 수많은 짐승들을 우리들에게 벗으로 만들어 주셨는데, 바야흐로 인간은 까실까실하게 메말라 버린 사막 속에 스스로 고립하고 있는 신세가 되었다.

여기를 보아도 기계, 저기를 보아도 기계, 하늘을 쳐다보면 비행기가 나르고, 언제 어디로 떨어질지 모르는 인공위성이 나르고 있다. 하나님이 내려주신 벗들을 무시하게 된 뒤부터 인간의 사회에서 상냥함과 부드러움이 없어지고 가정 내의 폭력이나 배움의 터인 학교 안에서의 폭력이 두드러지게 된 것은 아닐까.

구멍가게에도 로봇이 출현하여 물건을 파는 요즈음 바야흐로 인간은 로보트로 말미암아 기계에 의해 문명 때문에 자기들의 세계의 궤멸을 보게 되지나 않을지…….

지금이야말로 우리들 인간은 소도 있고, 말도 있고, 닭들이 한가로이 울어 대고 토끼가 뛰노는 평화로운, 마음을 부드럽게 해 주는 벗들과의 공존공영을 생각할 때가 아닌가 한다.

팔려 가는 말과 소
길바닥에 죽은 말
어디서나 보았지
어린 날의 추억들

이것은 나의 남편 미우라가 읊은 나에 대한 노래인데 이런 소년소녀 시절을 갖고 있는 것만큼 인간에게 있어서 귀한 체험도 없을 것 같다.

*

시詩는 삶의 표현

얼마 전에 나는 조사할 것이 있어서 낡은 앨범을 뒤적거렸다. 오래된 것부터 새것까지 몇십 권을 살펴보았다.

무표정하게 찍혀 있는 네 살 때의 모습, 여학교에 입학했을 해의 초롱초롱한 눈을 가진 나, 카리에스 때문에 깁스에 몸을 감고 병상에 누워 있는 환자 모습, 결혼식 날의 하얀 드레스 차림의 모습 등등, 기념 사진이나 스냅 사진이 수없이 나왔다.

결혼식이나 장례식 때의 사진만 보아도 그 사람의 심정을 알 수 있지만, 여러 사람들이 찾아왔을 때의 모르는 사람과 웃음진 얼굴로 찍혀 있는 사진은 그것이 언제 찍은 것인지, 어떤 기분이었던가를 통 알 길이 없다. 그러나 대충 연대별로 정리된 앨범을 보면 이것도 나의 삶의 기록이라고 생각한다.

인간에게는 자기의 삶을 기록하는데 여러 가지 방법이 있다. 일기에 기록해 둔다던가, 소설로 써둔다던가, 테이프에 녹음해 둔다던가 하는 기록 방법이 있다. 시가詩歌도 그 하나다.

삶의 기록이라고 하면, 왠지 나는 먼저 사이토 무키치 齊藤茂吉가 생각난다. 무키치의 노래가 좋기 때문인지도 모른다. 그는 시가에 대해서 여러 가지 경고를 남겨 주고 있다.

작사作詞는 어디까지나 실제에 맞게 써야 하며 공상적이어서는 안 된다든가, 노래는 급박한 내부적 상념에서 만들어져야 한다는 것이다.

그중에서도

"시는 당장 삶의 표현이 되어야 한다. 따라서 참된 시는 바로 자기의 것을 노래하는 것이라야 한다."

라는 말을 나는 잊지 않고 있다.

무키치는 사생寫生을 강조했는데, 사생이란 '생명을 베낀다'고 바꿔 말할 수 있다. 생명을 베끼는 것은 표면적인 것이 아니다. 살아 있는 인간의 슬픔이나 기쁨, 그리고 괴로움이나 외로움을 생생하게 짧은 문장으로 베껴 내는 것이니 쉬운 일이 아니다.

그러나 그것을 무키치는 심혈을 쏟아가며 해냈다. 그러니까 한 권의 소설보다 더 무게가 있는 시를 한 수 한 수 차례로 만들어 낸 것이다.

한 줄기 소나기가
스치고 간 땅 위에
외로이 내려앉아
울어 대는 까마귀

두 번, 세 번 이 노래를 되외어 보면 소나기가 몰아오는 하늘의 색깔이나 땅 위로 내려와 앉아 까악까악하고 울어대는 까마귀의 울음소리와 그 모습이 눈에 보인 듯하고, 귀에 들려오는 듯하다.

그야말로 거기에서 작가가 본 그대로의 것이 읽는 자의 가슴 속에 재현되며 노래라는 것, 언어라고 하는 것에 대한 위대함을 새삼스럽게 깨닫게 되는 것 같다.

쭈그리고 앉아서
볼수록 슬퍼지네
솟아나는 물 따라
움직이는 모래알

우리들이 만약 무키치와 같은 장소에서 이런 생물을 보았다 해도 이렇게는 노래하지 못할 것이다. 그러나 무키치는 자기가 본 물의 모습을 실로 선명하게 재현하고 있다. 아니 그뿐만 아니라 간드러진 모래의 움직임을 솟아나는 물 속에서 보고 있는 작자의 심정까지도 훌륭하게 노래하고 있다.

이 노래로 말미암아 우리들은 무키치라는 인간이 오직 흥미만으로 솟아나는 생물이나 움직이는 모래를 보고 있는 것이 아니라, 거기에 인간이 아니고서는 가질 수 없는 슬픔으로써 바라보고 있는 내면을 알 수 있다. 모래의 움직임 하나에도 인간으로서의 깊은 마음에서 공감하고 있으며 공감하는 경지가 있다는 것을 알려 준다. 그런 무키치의 깊이가 나의 마음을 사로잡는다.

모래 목욕 즐기는
닭들 사이 뚫고서
칼갈이 아저씨가
외치면서 지나네

이것은 유명한 무키치의 노래다. 요즈음도 도시 뒷골목에서는 흔히 보는 광경이지만,

"식칼 가~려~"

하는 별로 크지도 않고 작지도 않은 탁 가라앉은 외침이 길게 여운을 남긴다.

시골 마당에서는 닭들이 옹기종기 모여서 열심히 모래를 파고 그 속에 몸을 묻는다. 이것은 뙤약볕 내리쬐는 한여름 낮에 흔히 볼 수 있는 닭의 모래 목욕이다. 그런 가운데 문밖에서는 칼갈이의 애달픈 외침이 가깝게 들렸다가 또 멀리 사라져 간다.

이 노래는 7월 23일에 지은 것으로 지겹게 더운 한여름 오후의 잠자는 듯 정적에 싸인 한때를 생각게 한다. 모래를 파헤치는 닭과 지나가는 칼갈이와의 얄밉기조차 한 이 대비對比의 기교에는 놀랄 수밖에 없다.

캄캄한 밤인데도

날고 있는 쉬파리
창문에 부딪는 소리
잠 못 이뤄 하노라

시를 모르는 사람도 알 수 있는 노래다. 전등불을 끄고 잠자리에 든 작가의 귀에 어디서 날아들었는지 윙윙거리면서 캄캄한 방안을 날고 있는 쉬파리 하나. 그러다가도 창문에 부딪히는 소리가 잠 못 이루는 작가의 마음에 동요를 일으킨다.

당장이라도 이불을 박차고 일어나 이놈을 때려잡고 싶지만, 그것을 망설이는 작자의 마음에는 뭔가가 있지 않을까. 불살생…… 연민?

아무튼 이 노래 한 수만 보아도 무키치의 노래가 읽는 자로 하여금 깊은 감명을 갖게 하는 것은, 시는 곧 삶의 표현이라는데 있는 것 같다.

*

그대, 아내를 사랑하는가

미우라와 내가 결혼할 때 목사님은 이렇게 물었다.

"건강할 때나 병들었을 때나 그대는 아내를 진심으로 사랑하겠느뇨?"

미우라가 사랑한다고 대답하자, 목사님은 아내라는 이름을 남편으로 바꿔서 나에게도 똑같이 물었다.

미우라는 앓고만 있는 내 앞에 나타나서 가까스로 일어설 정도가 된 나와 결혼했다. 그러니까 미우라는 나의 건강한 모습을 한 번도 본 일이 없었던 것이다. 그래서 나에게는 이 목사님의 물음이 유달리 마음 깊이 새겨졌다.

이것은 건강한 자에 대한 물음이지 병든 자에 대한 물음은 아닌 것 같다. 미우라는 깁스를 하고 누워만 있는 나를 몇 년 동안이나 기다렸다가 결혼해 주었다.

신랑 35세, 신부 37세, 그야말로 늙은 한 쌍이었다.

생각해 볼 것도 없이 미우라처럼 병든 여성을 몇 해 동안이나 기다렸다가 결혼하는 사람도 흔치 않을 것이다. 그러나 아무리 건강한 여성과 결혼한다 해도 결혼하고 나서 그 여성이 뭔가 잘못되어 오래도록 자리에 눕는 경우도 있을 것이다.

그때 남편들은 도대체 그 아내를 어떤 태도로 대할까!
나는 오랜 요양소 생활에서 수 없는 파국을 보았다. 아내가 입원했을 무렵에는 날마다 문병하던 남편도 석 달이 지나면 걸음이 뜸해지고 1년쯤 되면 앓는 아내에게 이혼하겠다고 나서는 경우도 적지 않았다.

이러한 현실을 보아왔기에 『신도信徒의 벗』이라는 시란詩欄에 실린 이마나카今中吉藏 씨의 시를 대할 때마다 경탄해 마지 않았다.

이 난의 선평자選評者는 미우라였기에 특히, 그에 대한 관심이 크다.

시집 올 때 입은 옷
그대로 농짝 속에
차곡차곡 넣어둔 채
앓다 늙은 아내여

결혼한 뒤에는 한 번도 입어보지 못한 옷가지를 농 안에 그대로 넣어둔 채 앓고만 있다가 늙어버린 아내, 이 아내는 도대체 어떻게 생긴 아내였을까?

작자는 다시 노래한다.

마흔 해를 나 위해

보살펴 온 아내가
병들어 누웠으니
바뀌어진 이내 몸

이 아내는 말없이 40년 동안 남편을 위해 봉사해 왔다. 틀림없이 상냥하고 다정한 아내였을 것이다. 좋은 옷을 차려입고 여기저기 나다니지도 않았고, 오직 아침부터 밤늦게까지 집을 지키며 남편을 섬기던 참한 아내였을 것이다. 물론 다른 여성들도 다 그러하겠지만…….

그럼에도 불구하고 이 작자와 같이 세상 남자들은 병들어 늙어빠진 아내를 위해 그 뒷바라지를 할 수 있는지는 역시 의문이 앞선다.

마비된 아내 안고
목욕통에 들 때면
넘치는 물소리도
시원하게 들리네

병들어 여윈 수족
제대로 듣지 않는
가엾은 아내 위해
이불호청 끼우네

갈아 낀 이불호청

내놓는 가을밤엔
풀벌레 울음소리
슬프기도 하여라

남성이라는 사람은 아내의 이불호청을 갈아 끼워야 할 생활에 도대체 얼마만큼 참고 견뎌낼 수 있을까.

이러한 이마나카 씨의 노래는 달마다 계속 실려나왔다. 그리고 이 남편은 아내를 마음속으로 사랑하고 있는 것이다.

자는 듯 마는 듯한
앓고 있는 내 아내
건네준 밥숟가락을
눈감은 채 받았네

다음에 읊은 아내는 어린애같이 이 세상 일일랑 까맣게 잊은 채 잠들어 있었을 것이다. 의사소통마저 못 한다. 그런 아내를 위해

찬송가 불러가며
먹이지만 아내는
아는가 모르는가
눈뜰 줄을 모르네

라고 노래한다. '이봐, 일어나라구!' '이것 좀 먹어 봐!'와

같은 말이 아니라 기독교 신자인 이마나카 씨는 걸핏하면 잠만 자는 병든 아내에게 찬송가를 불러 준 것이다. 아마 이 아내도 신자였을 것이며 찬송가를 좋아한 모양이다.

벗겨진 이불자락
가즈런히 덮으며
고목 같은 아내 다리
쓰다듬는 이 마음

고목 같은 다리를 쓰다듬는 남편의 가슴 에이는 슬픔과 사랑이 있다. 틀림없이 남편은 이때 눈물짓고 있었으리라. 이 시의 작자는 그야말로 착하고 알뜰한 남편으로서 날마다 아내에게 먹일 식사도 결코 소홀하지 않았다.

딱딱한 건 못 먹는
아내의 저녁 식사
전복껍질 벗겨서
실날같이 다졌네

앓고 있는 아내의
저녁 식사감으로
정어리 두 마리를
뼈까지 다졌네

미사곡彌祠曲 들어가며
된장국에 넣을
미역을 잘라내는
내 손은 떨리기만 하누나

그러나 이 아내의 병세는 결코 호전되는 것은 아니다. 하지만 작자 자신은 시간에 맞춰 식사를 준비하고 있다.

혼자 먹는 저녁밥
쓸쓸하기 더하여
남비 밑에 남은 죽
마저 마셔 보는가

가슴이 미어지는 노래가 아닌가. 하지만 이 작자는 그 얼마나 정 깊은 사람인가.

등이 물러진 상처의
고름 냄새 맡으며
정성 들여 바르는
손은 어이 떨리나

몇 개 남은 아내의
누런 치아 사이로
칫솔을 넣으려니

고개 흔드는 아내여

긴병 앓는 아내를
돌보다가 이내 몸
기력이나 체력은
언제까지 가려나

이 작자야말로 결혼식 때 '병들었을 때도 아내를 사랑하겠는가'라는 물음에 대해 '예'하고 대답할 수 있는 몇 안 되는 남편이 아니겠는가.

*

사랑은 참고 견디는데 아름다움이 있다

연애란 도대체 무엇인가? 어떻게 해야 아름다운 사랑을 할 수 있는가?

나는 젊은 사람들로부터 예고없이 날아드는 연애 문제에 관한 편지를 볼 때마다 늘 생각하게 된다. 그것은 많은 사람들이 연애라고 하면 곧 육체관계와 결부시키려 하기 때문이다. 극단적인 사람은 만나자마자 곧 러브호텔 같은 데로 직행하기도 한다. 이것은 연애라고 한다면 좀 곤란한 생각이 든다. 연애란 어디까지나 특정 이성에 대한 사모의 정이 아니겠는가.

누나처럼 사귀어 온
너였건만 극장에선
자리 하나 떼놓고
따로따로 앉았네

이 두 사람은 서로 마음이 끌려면서도 자신들의

감정을 억제할 수 있는 조용한 교제를 해 왔던 모양이다. '누나처럼'이라고 하는 것을 보면 작자는 상대 여성보다 한두 살 아래인 청순한 청년인 것 같다.

두 사람은 손도 잡아본 일없이 사귀어 온 사이가 아닌가 한다. 그러니까 그 연상의 여인은 나란히 앉지 않고 자리를 건너뛰어 떨어져 앉은 것이다. 또 그녀는 함께 영화를 보다가 손이라도 닿으면 어떻게 하나 하고 두려워했던 것이다. 자신보다 손 아래인 사람을 사랑하고 있기에 연상인 그녀는 애써 참으려 했는지도 모른다. 작자는 그것을 속으로는 원망했는지도 모른다.

그러나 사랑은 참는 데에 그 아름다움이 있다. 거기에는 긴장이 있다. 어느 쪽이건 강압이 없다. 이 두 사람이 그 뒤로 어떤 운명을 걸었는지 알 수는 없으나 나로서는 바람직한 연애의 자세를 이 작품 속에서 보았던 것이다.

군대식 긴장으로
사랑을 고백하는
부동자세 이 몸이
우습기만 하여라

오직 사랑이다. 진실한 사랑의 모습이다. 작자는 오랫동안 그런 사랑을 키워왔음이 틀림없다. 이 작자도 아직은 그 여성에게 손끝 하나 대지 않았을 것이다. 그랬기에 자기의 간절한 사랑을 고백하려고 했을 때, 전쟁터에 있을 때와 같은 긴장감을 느낀 것이다.

키가 큰 그대에게
기대어 가는 이 몸
어깨가 닿을 때마다
가슴이 설레는가

이 얼마나 깨끗하고 티 없는 청춘인가. 나란히 걸어가는 상대편 어깨에 때로는 자기의 어깨가 닿는다. 그것만으로 가슴이 뛴다. 이것이 나에게는 사랑하는 사람의 순수한 마음이 아닌가 하는 생각이 든다.

이와 같은 과정을 거쳐 점점 마음이 가까워져서 마침내 넌즈시 손을 꼬옥 쥔다. 그렇게 시간이 걸린 연애라야 풍요로운 연애라고 나는 생각한다.

그동안에 두 사람이 교환하는 대화야말로 귀중한 것이다. 그 대화는 꼭 좋다든가 싫다든가가 아니라도 좋다. 음악 이야기, 문학에 대한 이야기, 사회나 정치에 관한 이야기, 그리고 각종 스포츠 이야기와 같은 그런 이야기가 두 사람을 훨씬 더 깊게 결합시킨다. 이런 말이 있다.

'어렸을 때의 추억을 얘기할 수 있게 되면, 그것은 사랑의 시작이다.'라고

이 두 사람은 그때, 어렸을 때의 추억을 이야기하면서 걸었는지도 모른다.

사랑한다고 다시 한번
말도 못해 보고
마지막일지도 모르는
전화 끊어 버렸네

이 사람은 자신의 속마음을 모두 말하지 않았다. 그리고 어쩌면 마지막일지도 모르는 전화에서조차 좋아한다거나 사랑한다는 말을 하지 못했다. 말하지 않았기에 그 말은 작자의 가슴 속에 고요한 묘지처럼 언제까지나 지워지지 않고 남을지도 모른다.

이 같은 사랑의 슬픔, 이것도 또한 아름다운 청춘이다. 아무리 사랑하고 있다 해도 상대의 입장이나 자기의 입장 때문에 아무 말도 못 하고 끝나버리는 사랑도 있다. 그리고 또 다음 노래와 같이 자기들의 상념을 초월하여 전쟁이 그 운명을 갈기갈기 흩트려 버릴 때도 있다.

내가 보낸 편지들을
바닷가 모래밭에
묻었다는 사연이
전선戰線 편지에 있었네

전쟁 중의 두 사람은 사랑하는 사이였다. 그러나 젊은이는 전쟁에 끌려가게 되어 조국을 뒤로했다. 청년은 연인의 편지를 차마 태워 없앨 수가 없어서 해변가 모래 속에 묻고 전쟁터로 향했다. 혹시 살아남아 돌아오게 되면 거기로 가서 파볼 작정이었다. 그러나 그 젊은 병사는 아마 돌아오지 못했을 것이다. 지겨운 그 싸움도 멀지 않았다. 그러나 저자의 쓰라린 상처는 아직도 아물지 않고 있다.

그리고 또 다음과 같은 애달픈 사랑도 있다.

싸움으로 못 만난
십 년 후의 그대는
처자를 가졌으니
무어라 물으리까

전쟁이 사랑하는 사람들을 갈라놓은 예는 얼마든지 있다. 남편을, 아들을 전쟁으로 잃어버린 사람들은 말할 것도 없고 전쟁이 두 사람을 전혀 다른 운명으로 걷게 한 경우도 얼마나 많았던가. 이 두 사람도 그중의 한 쌍이었다.

전쟁이 두 사람 사이에 10년이라는 공백을 만들었다. 여성인 작가의 집이 전화戰禍를 입어 불타 없어졌던가, 아니면 싸움터에 나간 연인이 이곳저곳 전선이 이동되는 바람에 소식이 끊겼던가, 아무튼 10년 뒤에 청년은 처자가 있는 몸이 되어 있었다. 작자는 아마도 마음속으로 은근히 만날 날을 기다리고 있었는지도 모른다.

그러나 그가 이미 처자를 거느리고 있다는 걸 안 지금은 사랑할 수도 없다. 그렇다고 원망할 수도 없다. 무어라 형언하기조차 어려운 갈등 속에서 원망도 감추고 살아야만

한다. 얼마나 야속하고 가혹한 사랑인가.

깨끗한 사귐만이
진실한 연애인 줄
아는가 모르는가
묘비 앞의 그 사랑

복잡한 입장이지만, 이것도 또한 마음속에 스며드는 격조 높은 청정한 사랑의 노래다. 사랑은 견디는데 그 아름다움이 더 한다.

*

성난 불길

인간은 감정의 동물이라고 초등학교 때부터 들어왔다. 기쁜 일이 있으면 좋아한다. 사랑하는 사람과 헤어지게 되면 슬퍼한다. 부당한 고통을 당하면 화가 나고 한탄하게 된다.

나 자신의 나날들 중에 도대체 어떠한 감정 속에서 지낼 때가 많을까. 결코 허구한 날 웃고 기분 좋은 날만은 아니다. 그렇다고 우울하고 기쁘지 않은 것만도 아니다. 슬픔 속에 지내는 것도 아니다.

인간이 슬퍼하거나 기뻐하는 것은 그 성격적인 경향보다도 생겨나는 사건이나 자기를 둘러싼 환경 탓이 아닐까. 용서할 수 없는 인간, 용서할 수 없는 사건을 만나게 되면 화가 나게 마련이다. 아니 화를 내야 한다. 그런 것을 나는 문득문득 생각하곤 한다.

무산자無産者 할아버지
한탄하는 그 말씀
듣고부터 소년은

억울함을 알았네

남편 미우라 미쓰요의 노래다. 그것은 초등학교 5학년 때의 일이었다고 한다. 미우라는 아버지를 여의고 어머니는 먼 데로 직장을 얻어 나갔기 때문에 외조부모에게 맡겨졌었다. 홋카이도北海道의 외가집은 산중에 있는 개척 농가였다.

외조부는 미우라에게 어떤 이야기를 들려주었을까. 아무튼 미우라는 가난한 자를 멸시하는 박정한 사회를 그때부터 알게 되었던 모양이다. 이 억울하고 서운함 속에는 소년의 공분公憤이 있다. 그리고 그것은 소중한 분노였다. 이런 미우라가 장성하여 기독교 신자가 되었는데 성경 말씀을 인용하여 다음과 같은 노래를 만들고 있다.

가난도 죄인가
투옥하는 부자들
스무 해가 지나도
변하지 않았어라

결국 조부의 한이 미우라의 피 속에 지금도 크게 박동하고 있는 것이다. 미우라는 지난날 직장에 있을 때 이런 노래도 읊었다.

월남 전쟁 반대한

쪽지만을 보고서
위병이라 탓하여
거둬 가는 관리자

이 경우의 미쁨은 오히려 분노보다도 더 통렬한 것 같다. 베트남 전쟁 반대의 본질을 확실히 파악하지 못하고 자기 입장에 서서 우왕좌왕하게 하는 상사의 태도에 예리한 화살을 쏘아 댄다.

인간은 또한 여러 가지 상황에 따라 화를 낸다.

목 졸린 전범처럼
목 졸려 마땅하다
아시아를 덮치는
살인자의 무리들

베트남 전쟁에 대한 공분을 노래한 것이다. 이와같이 베트남 전쟁을 두고 공분을 터뜨린 사람이 과연 이 세상에 얼마나 있을까. 베트남 전쟁으로 돈 번 자도 있었다.

베트남 전쟁은 먼 데서 일어난 일이라 하여 타산지석他山之石처럼 관심이 없던 자도 있었다. 그러나 이 노래의 작자처럼 저주에 가까운 분노를 가진 사람도 있었다.

전략기戰略機 떠다니네
세상 제 것인 양

화가 나 그러는가

우중충한 저 하늘

전략기戰略機란 전략폭격기의 약칭이다. 군사 시설이나 교통기관을 폭격하기 위한 폭격기를 말한다. 전략기는 미군기였다. 일본을 가지로 하여 드나들어도 할 말이 없었다. 아니 해봤다. 그러나 아무 소용이 없다. 그러한 사실에 노여움은 더 하는 것이다.

평화는 온 세계 모든 사람들의 소원일진대 도대체 누가 전쟁을 일으키려 하는가. 그것은 두말할 것도 없이 일부 부富한 자들이 아닌가.

전쟁만으로도 노여움은 들끓는데 이 세상에는 분노의 씨앗이 너무나도 많다.

아직도 탄광인가

못 떠나는 이내 몸

억울함을 참고서

오늘도 탄을 파네

야하타八幡대학 법과 출신인 이 작자의 사상적 경력은 알 수 없으나 탄광에서 스스로 탄을 캐고 있는 이 젊은이는 탄광을 사랑하여 이 일의 중대함을 그 누구보다도 잘 알면서 일했던 것이다. 또 이런 시도 있다.

폐광된 마을에서
아직도 눌러앉아
술 취한 이내 몸은
밤길에 누웠어라

이것도 슬픈 분노의 노래가 아닌가. 이 같은 상황에 몰린 사람들은 당시 얼마나 많았던가. 그리고 이런 상황으로 몰고 간 자는 도대체 누구란 말인가.

사회적인 구조 속의 톱니바퀴에 끼어 고통하며 노여워하는 사람들의 고생도 고생이지만, 인간 세상에는 다음과 같은 기막힌 노여움도 있다.

짐승처럼 미웁고
어둡게 길러지며
끈질기게 지켜 온
증오뿐인가 하노라

불구의 내 일생을
가둬 놓은 그 사람
세월이 흘렀어도
용서할 길 없어라

생각하는 체하며
뇌까리는 말처럼

그렇게는 약하지
않는 것을 우리는

말하라 말하라구
하고 싶은 말일랑
기다리고 있는 건
회색 벽이 아닌가

이렇게 분노의 노래만을 살펴보니 새삼스럽게 노여움의 종류와 그 원인이 많다는 걸 알게 된다. 그리고 그 죄의 깊음과 복잡함에 놀라지 않을 수 없다.

몇 사람의 선의와 소수의 운동만으로는 그 원인을 제거할 수는 없다. 전쟁, 공해, 차별, 살인 등등 어찌할 수 없는 인간의 죄의 깊음을 볼 수 있다. 그러나 이대로 바라만 보고 있어서는 안 된다. 한 사람 한 사람이 한 걸음 두 걸음이라도 좋으니 앞으로 나아갈 때 길은 열리리라.

*

아버지의 그림자

나의 아버지는 내가 47세 때 세상을 떠났다. 벌써 19년 전의 일이다. 아버지가 돌아가셨을 때, 나는 8남에 중에서 가장 많이 울었다. 울어도 그치지 않는 눈물이었다.

그리고 그 후 3년 동안, 난 날마다 밤이면 아버지 꿈을 꾸였다. 그런데 그 꿈도 어느새 사흘 나흘 만에 한 번씩으로 뜸해졌는데, 그래도 몇 해 동안은 1주일에 한 번 정도는 꿈에 보였다. 19년이 지난 오늘에도 자꾸만 꿈에 아버지가 나타난다.

아버지의 죽음에 내가 너무 우는 것을 보고,

"아버지를 돌보지 못해 한이 되어 그렇게 우는가 보다."라고 말한 사람이 있었다.

나는 소위 글을 쓴답시고 아침부터 밤늦게까지 아버지를 곁에서 모실 수가 없었다. 아버지는 자리에 누운 지 석 달 만에 돌아가셨는데, 나는 이웃집에 살고 있어서 틈만 있으면 아버지 곁으로 가서 밤늦게까지 아버지의 손을 꼬옥 잡아 드리곤 했었다. 이런 아버지의 손이 언젠가는 썰렁해지겠지하고 슬퍼하면서~.

어머니의 막대한 빚을 갚은 것도 나였고, 아버지께 집을 지어 드린 것도 나였다. 말하자면 나는 효녀였다. 그러니까 내게 한이 있어서 슬퍼한다는 말은 당치 않다.

부모 자식간의 정이라는 것은 그렇게 간단히 규정지을 수 없는 것이다. 잘해 드렸다든가 잘못해 드렸다는 그런 차원의 사랑이 아니다. 끊어도 끊어도 끊어지지 않는 혈육의 정인 것이다.

이토록 아버지를 사랑하던 나였지만 살아계실 때의 아버지를 노래한 시는 의외로 적다.

돌아오지 못할 형
말이라도 있을 땐
말없이 돌아서는
아버지의 그 마음

아버지는 매우 엄하고 고집이 센 편이었다. 가정에서는 언제나 독선적이었다. 이 시를 만들 당시 큰오빠 미치오道夫는 시베리아에 억류되어 있었고, 몇 해 동안이나 소식이 끊겼었다. 걸핏하면 집안에서의 화제는 오빠 이야기로 이어졌다.

그러면 그때마다 아버지는 잠자코 방 안에서 나가 버렸다. 아버지의 그런 마음을 아는지 모르는지 뭔가 얘기만 나오면 우리 남매 형제들은 언제나 오빠 얘기를 끌어내곤 했었다.

나는 그럴 때면 아버지의 슬픔이 뼛속까지 스며드는 것 같아 몹시 마음이 아팠다.

그것은 여느 때와 같은 독선적이고 엄하기만 한 아버지의 모습이 아니라 한없이 고독하고 상냥한 모습이었다.

어린애 쓰다듬듯
내 머리를 쓰담고
병실에서 돌아선
아버지의 뒷모습

1953년의 노래니까, 내가 33세 때였다. 깁스에 몸을 묻고 누워만 있던 나는 두 평 남짓한 외딴방을 병실로 하여 자택 요양을 하고 있었다. 아버지는 그런 나를 날마다 문병해 주었다. 그리고 아버지는 나에게 말했다.

"아야꼬야, 널 너무 심약하게 낳아 주어서 미안하다."

아버지는 이렇게 말하고 내 머리를 쓰다듬어 주셨다. 그것은 그 어떤 말보다도 내 마음에 스며드는 깊은 아버지의 사랑의 말씀이었다. 결핵에 걸린건 아버지 때문이 아니다.

내가 잘못해서 그런 것이다.

그러나 아버지는 심약하게 낳았다고 마음속으로 미안해 하고 계신다. 평생 잊을 수 없는 말씀이다.

밀창문 사이 두고
중얼대는 아버지

의외로 늙은 모습
그림자로 비쳤네

외떨어진 나의 병실 앞은 복도였다. 남쪽을 향한 그 복도에 서서 뭔가 말씀을 하시던 모습이 비친 밀창문의 그림자는 깜짝 놀랄 만큼 늙으신 모습이었다. 아직 아버지는 67세였다. 그런데도 백발은 거의 없고 날마다 자전거를 몰고 다니는 아버지는 아직 젊으셨다.

그러나 밀창문에 그림자로 비친 아버지의 모습을 본 나는 가슴이 미어지는 것 같았다. 아버지가 늙음을 향해 하루하루 힘을 잃어가는 상태에 있다는 생각에서 나는 그 그림자를 한없이 쓸쓸하게 생각했다. 아버지가 아직 건강하실 동안에 어떻게 해서든지 내 건강을 되찾아야겠다는 생각이 간절했다. 그것은 늙으신 그림자를 본 나의 아버지에 대한 사랑이었다.

끊임없이 걸려 오는
전화통 앞에 앉아서
받으시는 말씀을
누워서 듣는 밤

아버지는 은행에서 정년퇴직한 뒤 다시 촉탁이 되어 임시로 은행에 출근했는데, 그것마저 그만두시고 그 은행의 중역이 갖고 있는 토지 관리를 맡고 있으면서 한때 돈놀이를 하셨다. 걸려 오는 전화는 모두 돈을 빌릴 사람이나 토지를 임대하고 있는 사람들로부터였다.

어떤 사람에게는 큰 소리로, 또 어떤 사람에게는 상냥하게 대하는 아버지의 목소리를 나는 착잡한 생각에서 듣고 있었다. 긴 병을 앓고 있는 나를 데리고 있는 아버지의 괴로운 심정을 거기서 듣는 것 같아 괴롭고 쓰라렸다.

아버지는 원래 급한 성질이어서 걸핏하면 흥분하여 큰소리를 지르는 사람이었는데, 내가 앓아눕게 된 뒤부터 집안사람들에게 소리를 지르는 일도 없었다. 아버지는 치미는 성질을 참느라고 무진 애도 쓰셨을 것이다.

그런 아버지가 마음을 조이면서도 끊임없이 걸려 오는 전화를 일일이 응대하는 걸 보고 나는 얼마나 미안해 하고 마음 아파했는지 모른다.

아버지를 사랑한
이 마음의 곡절이
심리학 교과서에
분류되어 있었네

아버지와 딸의 애정에 대해 심리학적으로는 간단히 분류할 수 있지만, 그것을 막을 수는 없다.

오늘 새벽에도 나는 '아버지 살아계셨군요.' 하면서 그 무릎에 안겨 내 손으로 확인하고 있는 꿈을 꾸었다.

*

어머니의 모습

'어미 母모'라는 글자를 보면 나는 가슴이 미어지는 것 같다. 그것은 '아내 妻처'라는 글자를 볼 때나 '祖母조모'라는 글자를 볼 때와는 달랐다. 뭔가 참지 못할 것을 한사코 견디며 참고 있는 여인의 모습이 떠오르기 때문이다. 그것은 우리 어머니의 모습이 그랬는지도 모른다.

요즈음의 어머니들과 내 어머니들과는 그 모습이 어딘가 다른 것 같은 생각이 든다. 내 어머니는 몇 해가 지나도 항상 똑같은 옷을 입고 있었다. 나들이할 때마다 옷을 바꾸어 입는 요즈음 어머니들과는 다르다. 장보기는 대개 집 가까운 시장이나 구멍가게에서 끝냈다. 그녀의 일생은 거의 30평 남짓한 집안에서 보낸 세월이었다.

어머니가 거리에 나가는 일은 1년에 세 번이나 되었을까.

어머니는 언제나 부엌에 계셨다. 그래서 '어미 母' 자를 보면 나의 가슴이 미어지는 것이다. 그럼에도 불구하고 나에게는 어머니를 노래한 글이 거의 없다. 그것은 나도 모를 일이다. 여기에 미우라가 읊은 시가 있다. 나에게도 좋은 시어머니이셨는데, 몇 년 전에 세상을 떠나셨다.

어린 나를 껴안아
관 속에 든 아빠를
눈물지며 보여준
젊은 날의 어머니
오늘도 생각하네

미우라의 아버지는 30세도 못 되어 세상을 떠나셨다. 그해 그의 어머니는 28세의 젊은 나이였다.

젊으나 젊은 몸으로 세 자녀를 거느린 어머니였다. 어린 미우라를 껴안으며,

"자, 아빠에게 안녕해야지!"

하고 이르는 눈물진 어머니의 모습이 눈에 보이는 듯하다.

세 살난 미우라나 그 누이동생은 죽음이 뭔지 알 까닭이 없다. 그렇게 속없는 어린애의 앞날을 걱정하는 어머니의 마음은 안타깝고 슬프다 못해 기가 막힐 정도다. 그러나 어머니는 남편은 잃었으나 그 대신 신앙을 얻었다.

무릎 꿇고 밤마다
기도 드리는 어머니
생각나는 밤이면
흐뭇해진 이 마음

남편을 잃은 어머니는 아이들을 친척 집에 맡기고 일자리를 구해 먼 데로 갔다. 그로부터 10년 뒤에야 겨우 자식들과 함께 살게 되었는데 바느질 품으로 생계를 꾸려가는 가난한 어머니였다.

겨울 밤, 싸늘한 방에서 어머니는 30분 이상이나 기도를 드렸다. 빨리 이불 속으로 들어오지 않으면 감기든다고 아이들이 걱정할 정도로 그 기도는 길었다. 의지할 곳도 없이 근근이 살아온 어머니에게는 하나님에게 긴 기도를 올리는 것 외에는 자신을 지탱할 길이 달리 없었던 것이다.

나는 이 시를 보면 어쩐지 미우라는 행복했다는 생각이 든다. 일찍 가장을 잃은 집안, 가난했다. 그러나 엄동설한 추운 밤에 30분씩이나 기도드리는 어머니의 신앙이 있었다. 그 어머니의 기도 속에서 자랐다는 것은 얼마나 마음이 풍요로운 환경이었던가.

세상에는 여러 가지 어머니에 대한 노래가 있지만, 이렇게 기도하는 어머니를 읊은 시는 그러 많지 않을 것이다.

어쨌든 어머니의 모습, 어머니의 사랑이라는 것에는 가슴 울리는 진한 감정이 있다.

한숨짓는 어머니
그 소리를 듣는 듯
매듭 많은 소포를
솔기솔기 풀었네

'이음새 많은'이라는 말에 이 어머니의 생활을, 살아가는 방법을 생각게 한다. 아마 많은 노끈을 서로 이어서 하나로 했던가, 아니면 일부러 노끈을 끊어 꼼꼼하게 포장했던가, 그 어느 쪽이겠지만 마음 울리는 노래다.

평생을 농사일에
보내신 어머님은
누울 수도 없을 만큼
등도 저리 굽었는가

숨 막힐 듯한 어머니의 모습이다. 괴롭고 쓰라린 일생이랄까, 존귀한 일생이랄까.

남을 주어 없어져
겨울옷도 없는지
인정 많은 어머님
여름옷을 입었네

남을 주어 없어졌다는 그 삶, 얼마나 훌륭한 삶인가. 이렇게 살 수 있는 사람은 천만 명에 한 사람도 없다.

미우라의 어머니도, 우리 어머니도 모두 남에게 뭐나 잘 주는 어머니였다. 이러한 어머니의 사랑은 전혀 모르는 남에게까지 같은 사랑이 되어 미쳤던 것이다. 아무것도 갖지 않은 삶 이상으로 위대한 삶은 없다.

"일생을 보내고 나서 남는 것은 우리들이 모은 것이 아니라, 우리들이 베푼 것이다."

라고 말한 제럴 샹드리의 말이 생각난다.

마이신 마춰 주마고
말씀하신 어머님
어두운 헛간에서
옷을 갈아 입으시네

어두컴컴한 헛간은 햇살이 아직 마치지 못한 이른 아침의 헛간이었으리라.

어쩌면 스트렙토 마이신이 아직 고가 약이던 시절이었는지도 오른다. 현대와 같이 결핵 환자라면 누구나 맘대로 마이신을 먹거나 주사 맞지 못했다. 이 어머니는 결핵 환자인 아들을 위해 아침 일찍부터 밤늦도록 일하려고 마음먹은 것이리라. 부지런하고 착하면서도 항상 밝고 억척스런 모습, 그것은 또한 모성의 본질이기도 했다.

한밤중에 어머니
대문 밖에 나와서
내가 탄 막차 보고
호롱불을 흔드네

이것도 또한 어머니의 모습이다. 막차를 타고 어딘가로

가는 자신의 아들을 이 어머니는 역까지 배웅하고 싶었던 것이다.

그러나 그 역은 너무 멀어서 갈 수 없었는지도 모른다. 내 집 옆을 지나는 막차를 향해 호롱불을 흔들었다. 회중전등이 아니다. 호롱불을 켜고 살던 시대다.

어느 칸에 아들이 타고 있는지 자기 눈에는 보이지 않지만, 한밤중 대문 앞에 서서 자꾸만 호롱불을 흔드는 어머니. 우리들은 이러한 모심母心 속에서 자랐던 것이다.

*

딸이 팔려 가던 시대

인생에는 여러 가지 슬픔이 있다. 괴로움이 있다. 나에게 있어 육친의 죽음은 말할 수 없는 슬픔이었다.

하지만, 생각해 보면 육친의 죽음을 보는 슬픔과 쓰라림은 인간이면 누구나 한번은 맞이해야 한다. 자기가 먼저 죽지 않는 한, 부모 형제의 죽음을 본다는 것은 면할 수 없는 우리의 운명이다. 그리고 그것은 말하자면 당연히 겪어야 할 슬픔이며 괴로움이다.

그러나 육친의 죽음보다 훨씬 더 쓰라리고 고통스런 일이 이 세상에는 또 있다. 그 하나는 자식을 팔아야 하는 비참한 사실이다. 그것이 과거에는 있었던 것이다.

요즈음은 스스로 자기의 몸을 직업화하는 여성이 있어서 육체를 판다는 것이 그다지 큰 고통이 되지 않는 세상이 되어 버렸다.

여중생이 매춘을 하고 유부녀가 남편이 없는 틈을 타서 남몰래 매춘도 한다. 이러한 시대에 다음과 같은 시는 어떤 심경을 사람들에게 안겨다 줄까.

취하면 그때마다
딸 자랑에 열 올린
아저씨의 딸이 왜
팔려 가야 하는가

또 한 사람 아가씨
팔려 가는 가을도
쓸쓸하게 저무는
외로와진 이 마을

술이 취할 때마다 딸 자랑을 늘어놓던 어떤 아버지가 가난해서 그 딸을 팔지 않으면 안 되었다. 얼마나 사랑했던 딸인데. 그러나 집안 식구가 살기 위해서는 입에 풀칠을 하기 위해서는 그 딸마저 팔아넘기지 않으면 안 되었다.

전쟁 전의 일이라 어느 집에서나 아이들이 5, 6명은 되었다. 결코 이 아버지만 딸을 판 것이 아니다.

한 사람 두 사람씩
떠나버린 마을엔
아가씨의 모습도
찾아 볼 길 없구나

가난이 서러워서
당혼當婚한 딸들을

모조리 팔아버린
마을도 있었다네

온 마을에 아가씨라고는 찾아볼 수 없을 만큼 너나 할 것 없이 딸을 팔았다. 팔고 난 부모의 비통함도 팔려가는 딸의 애타는 한탄도 그 누가 내 일처럼 알아주기나 할까.

"부모가 자식을 팔다니 개 돼지가 아닌가."

"팔리기 전에 도망이라도 가지, 쯧쯧쯔……"

하고 말하는 것은 뒷 사람들의 무책임한 넋두리에 지나지 않는다.

하루 종일 내린 눈
마을 사람 일 없어
꼼짝없이 그대로
며칠씩을 굶는가

나무 열매 풀뿌리
먹고 사는 사람을
숯 같은 까만 똥을
한 점 두 점 싸놓았네

추위와 굶주림에
지쳐 있는 자식들
보다 못해 피를 판

어머니의 꺼진 빰

굶주리다 못하여
엄마 젖을 물어뜯어
죽였다는 소문을
들을 때면 서글퍼

딸을 판 배경에는 이러한 비참한 현실이 있었다. 그것은 상상하기조차 힘든 가난이었다.

1930년 이후 동북지방의 농촌은 먹을 것이 없었으며, 특히 1930년의 대 흉년의 참상은 당시 초등학교 6학년이었던 내 귀에도 귀가 따가울 정도로 들은 적이 있다. 몸을 판다는 이야기도 그때 들었다.

그러나 몸을 파는 것은 비단 동북지방에서만은 아니었다. 나와 같은 반인 어느 친구도 초등학교를 졸업하자마자 팔려 갔다. 걸식 아동이 우글거렸다. 도시락을 가져오지 못하는 그 학생들에게 학교에서는 도시락을 제공했다.

걸식 아동 담임한
교사들이 모여서
봉급에서 얼마씩
떼내기로 하였네

교사들이 사랑하는 학생들을 위해 자기 봉급에서 얼마씩

떼내서 기부하기도 했다. 그러나 그것은 강물에 돌 던지기와 다름없었다. 어떤 교사는 이렇게 읊었다.

6백 원에 팔려간
티 없는 그 제자는
드디어 떠났는가
무서운 세상으로

팔려간 그 제자가
그려 놓은 그림을
바라보는 눈에서
눈물이 쏟아지네

이 작자의 눈언저리에 맺힌 눈물을 보는 것 같다. 교사로서 이토록 가슴 아픈 꼴을 당하리라고는 미처 몰랐을 것이다.

그러나 이러지도 저러지도 못하는 막막한 시대였다. 이런 어려운 가운데서도 농촌 사람들은 해마다 공출供出(현물로 바치는 세금)을 내야만 했다.

이 가마니 뭣 때문에
남에게 주느냐고
꼬치꼬치 캐묻는
어린 마음 슬프고녀

아이들은 공출이 뭔지, 왜 공출을 하는지 알 까닭이 없다. 뭣 때문에 이 쌀을 딴 데로 가져가야 하느냐고 필사적으로 묻는다. 아마 부모도 자식들도 그 쌀가마를 붙들고 울먹였을 것이다.

온 세계에 금융공황의 회오리가 불어 닥치고 있었다. 은행들이 도산했다. 그런 판국에 농촌에 어느 정도의 구원의 손길이 뻗쳤을까. 웬만한 의연금으로는 시루에 물주기였다.

이러한 사회에서 그 사회의 구조를 바꾸려는 사람들도 있었으나 그들은 가차 없이 투옥되거나 혹은 살해되었다.

지금 이때 여기서
깨어나지 못하면
농민들이 살아날
그날은 아득하이

이렇게 노래한 사람도 있었으나 한 마을에서 네 아가씨의 모습이 사라질 때까지 내 자식을 팔아넘긴 역사가 있었다. 그것을 알고 지금 이 나라에 눈을 돌리지 않으면 안 된다.

*

설날에 생각나는 것

20세까지는 세월이 가는 것이 그렇게 빠르지 않은 것 같았었다. 특히 어렸을 적의 1년은 지금 생각하면 엉뚱하게 길었다. 바로 코앞에 설이 다가왔는데, 그 설이 여간해서 오지 않았다.

"앞으로 열 밤만 자면~"

"이제 아홉 밤 남았다!"

하면서 손가락을 세어도 여전히 설은 멀었다. 세월이 흐르는 것이 늦던 그 시절, 설은 그렇게도 즐겁고 기다려졌다. 부모 친척들로부터 몇 푼 안 되는 세뱃돈을 어머니가 떠준 빨간 털실 주머니에 넣고 달랑달랑 동전 소리를 내면서 좋아하던 그 시절.

그런데 한 해가 눈 깜짝할 사이에 지나게 되면 설을 맞던 그 들뜸도 어느새 잊어버리게 된다. 그리고 때로는 그것이 원망스러워지기도 한다. 쓸쓸해지기도 한다.

내가 24, 5세가 될 때까지는 보통 나이로 헤아렸다. 보통 나이는 설과 함께 한 살이 불어나므로 지금 설과 함께 내

나이를 한 살 붙여서 말한다.

우리만 늙는 것이
아니라오, 아내여
외로움 달래면서
떡국 드는 노부부

이 시의 작자는 1895년생이므로 나보다 23, 4세가 많은 분이다. 이 노래의 '우리만 늙는 것이 아니라오, 아내여.'에 담겨진 상념에는 상상하기 어려운 무게가 있다. 그러나 새해에 걸맞는 좋은 해를 맞는 사람도 있다.

처음으로 받아 본
연하장에 적혀진
남편과 내 이름엔
묵향이 아련하네

아마 결혼하고 처음 받는 연하장인 모양이다. '붓글씨도 선명하게 내 이름을 적었네.'라는 아래 귀절에 새댁의 기쁨이 생생하게 나타나서 저절로 입가에 미소가 서린다.

우리들 연대로서는 설이라 해도 전혀 설 기분이 나지 않는 설로 바뀌어 가고 있다. 오는 해도 또 가는 해도 별로 변화가 없고, 또 같은 설빔이라도 별 감격도 없이 새해를 맞는다.

그러나 한 사람 한 사람의 생활은 다르다. 그 사람에

있어서는 항상 맞는 똑같은 설일지 모르나 다음과 같은 노래를 보면 아아, 이렇게 해서 새해를 맞는 사람도 있구나 하는 생각이 들어 사람 사는 것도 여러 가지라는 것을 새삼스럽게 느끼게 된다.

남편이 울리는가
새해맞이 종소리
새벽녘 어둠 속에
유달리도 크고뇨

남편이 울리는 새해맞이 종소리에 그 아내인 작자도 새 옷을 차려 입고 가만히 귀를 기울이고 있는 게 아닐까. 새벽이라고 하지만 아직 어둠이 남아 있다. 추위로 입김마저 얼어붙었는지 모른다. 이런 남편을 생각하는 아내의 모습이 내 눈앞에 아련하다.

밀린 짐 정리하고
개운한 마음으로
우리는 맞이하리
희망에 찬 새해를

남의 일이지만, 한시름 놓이는 심정에서 나는 이 시를 읽었다. 제야의 종이 다 울릴 때까지 이 작자와 동료들은 밀린 짐을 정리하느라고 여념이 없었다. 어쩌면 근무하는 곳은 철도나 운수회사 아니면, 우체국이었는지 모르지만, 땀투성이가 되어 힘껏 일하고 나서 가까스로 맞는 새해의 기쁨은 역시 설이 아니고서는 맛볼 수 없는 독특한 기쁨이리라. 아무튼 설은 기뻐야만 한다.

연년생 아들놈을
양쪽 무릎에 앉히고
설날에 솟아오는
아침 해를 보았네

이 시의 배경은 알 길이 없다. 그러나 좌우 무릎에 어린 아기를 껴안고 앉아 건강하게 자라는 그 모습에 흐뭇해 하는 아버지의 감동이 내 가슴을 찌른다. 진정한 의미로 착실하게 살고 있는 사람의 새해는 이와 같이 욕심도 없고, 오직 감사하는 마음으로 넘쳐 흐르는 겸허한 기쁨이 아닌가 한다.

텔레비전에서 울리는
제야의 종 그치자
줄을 이어 걸려 온
자식들의 연하 전화

아이들도 이제 떨어져 살 수 있을 만큼 자라고, 각자 부부는 텔레비전 앞에서 제야의 종소리를 듣고 있었다. 제야의 종소리가 그치면 이제 새해다. 그때 전화벨이 울렸다.

연하 전화였다. 그 전화가 끝나자 또 전화가 온다. 그리고 또……

이것은 모두 부모를 생각하는 자식들에 대하여 흐뭇해 하는 부모들의 노래다. 이렇게 언제까지나 행복하기만 했으면 얼마나 좋을까 하는 바람이 깃들어 있는 시이다.

원단元旦에 솟아오른
붉은 태양 바라보며
병사들은 울었다고
써 보낸 전선 편지

작자와 편지를 보낸 사람과의 관계는 모르지만, 멀리 전선에 있으면서 새 아침에 떠오르는 붉은 태양을 바라보며 울고 있는 병사들의 얼굴이 내 가슴을 두드린다. 아직 20세 남짓한 소년 같은 병사도 있을 것이다. 갓난애와 젊은 아내를 고국에 남겨두고 온 30세 남짓한 병사들도 있었을 것이다. 늙으신 어머니를 생각하며 눈물짓는 노병도 있었을 것이다. 싸움터에서 새해를 맞는 비극은 다시는 없어야겠다.

그런데 그 병사들은 과연 모두 돌아갔을까? 그렇지는 못했을 것이다. 새 아침의 이 찬란한 태양을 본 병사들 중 몇 할은 다음 해에는 이미 이 세상에 없지 않았을까.

얌전히 머리 빗던
설날에 문을 닫고

있어야만 하는가
복상服喪 중인 이내 몸은

아마 남편을 잃은 모양이다. 인간이 살고 있는 한 누구나 상喪을 입은 설을 맞게 마련이다. 그럴 줄 알고 올해도 살아가야겠다.

*

한반도의 남과 북

전쟁 중, 나는 탄광촌이 있는 우다시나이歌志内 초등학교 교사로 2년 반을 근무했다. 당시의 탄광촌에는 한국 사람도 적지 않았다. 한 학년에 30명은 되었을 것이다. 내가 담임한 학급에도 서너 명이 있었는데, 모두 머리가 좋았다. 성격도 순진하고 솔직했으며 예의도 발랐다.

일본이 패망한 뒤로 그들 대부분은 고국으로 돌아갔다. 그러나 나는 그들이 북으로 갔는지, 남으로 갔는지 모르고 있다.

나와 함께 배우고 있을 때는 그들에게는 남도 북도 없었다. 그리고 나에게 있어서 그들은 같은 일본인이었다. 일본말을 하고 얼굴도 일본인과 똑같았다. 상냥하고 귀여운 아이들이었다. 그러나 다음 시를 보았을 때, 나는 현실의 무서움을 알게 되었다.

등록증에 기입할
국적은 어쩔거나

남한인가, 북한인가
망설이는 마음들

이 사람의 경력을 나는 모른다. 그러나 어쩌면 내가 가르친 아이들처럼 일본말을 하고, 일본인과 똑같은 얼굴을 하고 일본에서 자란 사람이 아니었을까. 그에게 있어서 조국은 남도 아니고 북도 아니다. 그 어느 쪽이 그의 모국이었을 것이다. 그 모국에의 사랑을 갈기갈기 찢어 두 갈래로 만든 것은 도대체 누구일까?

미워하고 헐뜯는
남과 북의 방송은
그칠 줄을 모르고
밤마다 계속되네

작자로서는 남이나 북이나 똑같이 사랑하는 모국일 텐데 그 남과 북은 밤마다 서로 헐뜯는 방송을 계속하고 있다. 그 얼마나 가슴 아프고 못 할 짓인가.

만약 일본이 어느 때, 둘로 갈라져서 서로 적이 된다면 얼마나 고통스러울까. 슬픈 일이겠지, 아니 얼마나 어처구니없는 일일까. 나는 한국에 친구가 있고, 또 조카나 질녀가 각처에 있다. 자기들은 바라지 않는데 서로를 적국 사람으로 보지 않으면 안 된다면, 생각만 해도 가슴이 미어진다.

그런 가슴 아픔 속에 지금의 남한과 북한 사람들이 있다는 것을 우리는 어떻게 생각해야 하는가. 그렇지 않아도 괴롭고 쓰라린 이 사람들에게 일본 사람들은 도대체 어떻게 해 주었다는 말인가. 울고 있는 사람들에게 얼마만큼의 도움을 주었던가.

외국인 등록증을
교부받기 위해서
지문을 찍으려고
줄을 서는 이내 몸

인주 묻은 엄지를
힘주어 찍고 나서
복수하는 마음이
되살아나 버렸네

외국인 등록증은 1952년 외국인 등록법에 바탕을 두고 실시하게 되었다. 일본 국내에 거주하는 외국인의 거주 관계나 신분 관계를 밝히기 위해 등록증을 교부하는 것인데, 그때 외국인은 모두 지문을 찍게 되어 있다. 왜 등록증을 교부하는 데 지문을 받는가.

일본에서 지문을 찍는 것은 오직 범죄자의 경우 뿐이다. 만약 범죄자가 아닌 자의 지문을 받는다면 이것은 큰 문제가 된다. 이런 큰 문제를 외국인에게 마음대로 해도 괜찮다는 말인가.

특히 남북한 사람들은 그러한 관습의 일본 통치하에 살아왔다. 그런 만큼 범죄자와 똑같이 취급하는 지문 채취에 지극한 저항과 굴욕을 느낄 것은 당연하다.

왜 사인만으로 등록증을 교부받지 못하는가. 범죄자 같은 취급을 받아가면서 인주로 더럽혀진 손가락을 바라보며 그들은 얼마나 많은 억울함을 느낄 것인가. 모국은 둘로 나누어지고 게다가 이런 굴욕적인 대접을 받아야만 하는가.

물론 둘로 갈라놓은 건 일본이 아니라고 말할지라도 일본이 일으킨 전쟁이 이런 사태를 불러온 것이 아닌가. 이 시에 담겨져 있는 분노는 재일 한국인이나 북한 사람들 모두의 거짓 없는 심정일 것이다.

일본인을 위장한
민족의 슬픔 속에
뼈아픈 한평생을
모질게도 살았네

일본인의 재일 한국인에 대한 태도가 어떤 것인가는 앞에서 말한 지문 문제에 여실히 나타나 있다.

전쟁 전부터 전쟁 후에까지 재일 한국인들이 일본인들로부터 차별을 받지 않으려고 한 것은 자기를 일본인처럼 보이게 하는 일이었다.

현재의 민주주의 시대에서조차 그들에게는 아파트를

빌려주지 않는다든가, 직장에서도 기피한다든가, 결혼을 금한다든가 하는 여러 가지 민족적 차별이 있다.

'모두가 같은 인간이다.' 그래야 할 텐데 사실은 모두를 같은 인간으로 취급하지 않고 있다.

신조사新潮社에서 한국 여류작가 차 윤순車潤順의 『하늘에서 온 소리』가 출판되었다. 가슴을 도려내는 듯한 비통한 외침을 도처에서 볼 수 있었다.

그녀는 전시 중 일본에 있었는데 그녀가 가장 싫어하는 것 몇 가지가 있었다. 그것은 마늘이었고 또 모국어였다. 그리고 저고리와 치마였다. 한복, 그리고 '윤순'이라는 이름이었다.

그것들은 모두 자기를 한국인이라고 고백하는 것들이었기 때문이다. 얼마나 그녀는 일본인이 되고 싶었던가. 이 슬픔을 어렸을 때부터 그녀는 물론 그녀의 동포들도 갖고 살아온 것이다.

그리고 지금도 여전히 그런 생각을 가지고 살고 있는 재일 한국인. 조청련이 있다. 우리들 일본인은 지금 무엇을 해야 하는가. 이 사람들에게 무엇을 어떻게 해 주어야 할 것인가를 묻고 싶을 뿐이다.

*

3

시인의 고독한 노래

전쟁, 그 무서운 것

몇 달 전 『은바람』이라는 시집을 받았다. 가로 7.8센티, 세로 10센티, 150페이지 밖에 되지 않은 작은 책이다.

그러나 거기 실린 시들의 한 자, 한 구절을 소홀히 넘길 수 없는 훌륭한 어휘로 가득 차 있었다.

저자는 아사히 신문사 사전편집실에 있는 쓰노다 히데오角田秀雄 씨다.

『아사히 카메라』 편집장, 도서 편집실장, 미술도서 편집장을 역임한 사람인데, 내가 처음 만난 것은 『빙점氷點』 출판 기념회에서였다. 마음이 온후하고 겸허한 분이다.

이 시집은 어느 페이지를 펼쳐 보나 다 훌륭하지만, 특히 내 마음을 울린 것은 권말에 수록된 시들이었다.

이 시들은 고교 2학년생이었던 저자가 1947년 12월 1일 학도병으로 입대하여 패전할 때까지의 군대생활을, 패전한 지 4개월 뒤에 그해 있던 병영터를 찾아 지은 작품이다. 이 병영은 고노에近衛 야포 12연대로서 말이 끄는 포병부대였다.

"이것이 스무 살 남짓한 학생이 지은 것인가?"

한 번 읽어보고 나는 감탄했다. 그것은 수작秀作에 대한 경탄임과 동시에 이러한 청춘을 억지로 빼앗긴 아픔에의 공감이기도 했다.

한없는 땀방울이
베어 있는 옷에는
오직 하나 별이 붙은
계급장이 달렸네

2등병 계급장을
달고 난 이내 몸도
이제는 부질없는
군인이 되었는가

군대에 들어가자마자 싫든 좋든 계급장을 달아야 한다. 인격, 두뇌가 좋고 나쁘든, 능력의 유무를 불문하고 처음으로 들어온 자는 모두 최하급 속에 편입된다.

이것이 별 하나인 2등병이다. 그 밑에는 아무도 없다. 모두가 상관이다. 아무런 이유 없이 마구 매를 맞는 것이 군대다.

맨 처음에 실은 노래의 '한없는 땀방울'의 땀이라는 말에는 눈물도 섞여 있으리라. 두 번째의 '마침내 부질 없는 군인이 되었는가'는 학창에서 군대로 끌려간 절망감이 스며나고 있다.

매 맞아 망막網膜 찢긴
전우는 지금 어디
야뇨증夜尿症에 울던 전우
지금은 어디멘고

때리는 자 맞는 자
그 모양을 말없이
바라보는 눈 또한
있는 것을 보았다

군대는 매를 맞는 것만이 괴로운 게 아니다. 배고픔도 또한 괴로웠다. 물론 전쟁은 온 국만을 기아로 몰고 갔지만~.

신문에는 버젓이
학도병 출신이라
떠들어 댔는데도
찌꺼기를 뒤졌네

동경대생도, 명치대생도, 조도전대생도 없다. 부랑자처럼 먹다 남은 찌꺼기를 뒤지는 아귀餓鬼로까지 타락한 젊은이도 있었다. 그런 가운데서 포병들은 말을 거두는데 땀을 흘린다.

입 속에 튕겨드는

쓰디쓴 말똥들을
말발굽 뽑아내서
이 닦을까 하노라

전쟁을 모르는 지금의 젊은 세대 가운데는 "전쟁은 멋있을 거야"라고까지 말하는 자도 있는데 농담이라도 그런 말을 해서는 안 된다. 그런 말을 하는 자들은 고막이 터질 만큼 따귀, 밥 찌꺼기를 뒤지지 않고는 못 배기는 굶주림, 입속으로 튕겨드는 쓰디쓴 말똥, 그리고 죽어간 자의 슬픔을 알고 나서 말하라고 나는 타이르고 싶다.

언제 올지 모르는
피나는 야간전투
적과 내가 서로 찌른
꿈을 꾸기 몇 번인가

이 노래를 읽었을 때, 나는 새로운 분노를 느꼈다. 거듭할 수 없는 귀중한 일생을 우리는 살고 있다. 그 귀중한 생명을 가진 인간에게, 사람을 찌르는 꿈, 찔리는 꿈을 몇 번이고 꾸게 한 것은 과연 누구란 말인가.

인간은 이런 꿈을 꾸어서는 안 된다. 전쟁의 공포가 보여주는 꿈, 그 싸움을 일으킨 것은 도대체 누군가. 인간을 그 인간의 지위로부터 끌어내리는 것이 전쟁인 것이다.

인간이란 원래 이상을 향해 한 걸음 한 걸음 노력하며

자기 인생을 쌓아가는 것이다. '하나님은 하나님을 본떠서 인간을 창조하셨다'라고 성경에 씌여 있다. 인간은 인간으로서 살 권리가 있는 것이다. 그런 인간에게서 인간성을 박탈하는 자의 그 분노를 나는 느꼈다.

싸움터로 살려 간
병사들로 가득 찬
화물열차 철장엔
짐승 같은 눈들이

인간이면서 천사도
짐승도 아닌 것을
모두가 내 눈에는
짐승으로 보였네

그 짐승은 이 저자 속에도 있었다.

훔쳐 온 빨간 가위
볼 적마다 이 마음
생각나는 것이
잃어버린 그 가위

군대에서는 한 사람 한 사람에게 빨간 가위가 주어졌다. 이것은 사물이 아니다. 주어진 것은 모두 '천황이 내려 준 것'이었다. 만약 분실하기라도 하면 상관으로부터 죽도록 매를 맞는다. 가위나 검을 잃게 되면 당장 영창에 들어간다. 그러니까 자기 가위를 잃어버리게 되면 도둑맞은 자는 본의는 아니지만 남의 가위를 훔쳐야만 한다.

만약 군대에 가지 않았더라면 평생 남의 것을 훔칠 줄 몰랐을지도 모른다. 이와같이 자신의 인격이 망가져 가는 슬픔을 이 저자는 또 다음과 같이 노래하고 있다.

무너지는 과정을
이 눈으로 볼 때는
어인 일로 이 눈엔
눈물이 맺히는가

전쟁이야말로 인간을 비인간화非人間化시키는데 가장 무서운 행위이다.

*

가장 가까운 이웃

형제자매란 도대체 무엇일까? 나는 이따금 이런 생각을 한다. 그건 형제자매를 꺼려서가 아니다. 인생의 심연을 들여다보는 것 같은 그런 생각이 형제들과의 사귐 속에서 느껴지기 때문이다.

나는 남자 7명, 여자 3명의 10남매 중 위에서부터 다섯 번째로 태어났다.

노래하는 시계를
베갯머리에 놓고서
곤히 잠든 내 동생
날만 새면 기필코
여학생 잡지 사주리

이 형제자매는 나이 차이도 많았다. 아직 초등학교 4학년이나 5학년쯤 되는 어린것의 잠든 얼굴을 보며 『여학생』 잡지를 사다 주어 즐겁게 해 주려고 했던 모양이다.

다만 그것만의 노래이지만, 아무 까닭 없이 누이동생을 생각하는 오빠의 정이 흘러넘친다.

내가 형제자매가 많은 것을 기쁘게 생각하는 것은 그들 한 사람 한 사람에게 이 같은 불가사의한, 어쩔 수 없는 혈연의 정을 느끼면서 자랐기 때문이리라.

핵가족 시대인 오늘날 형제자매가 적다는 것은 꼭 좋은 현상만은 아닌 것 같다.

봄 국화 한 송이를
내 동생 스웨터 위에
살며시 꽂아 주니
웬일인지 흐뭇해

이 노래 역시 가슴을 울리는 형제애가 나타나 있다.

공장 가는 나를 위해
전등불 내려놓고
내 바지를 꼼꼼히
꿰매 주는 내 동생

이것은 아마 연년생인 자매의 시일 것이다. 언니의 공장 생활을, 말은 하지 않으면서도 속으로는 몹시 안쓰럽게 생각하고 있는 동생의 마음이 우리들의 가슴을 파고들지 않는가.

내 머리 쓰다듬고
전쟁터로 나가던
오빠의 따스한 손
이다지도 못 잊는가

오빠가 전쟁에 나갔을 때, 작가는 아직 어렸던 것 같다. 아니면 막 어린 티를 넘은 여중학생쯤 되었을까. 죽음을 각오한 오빠는 그 누이동생의 머리를 도대체 어떤 생각에서 쓰다듬었을까? 그 마음을 누이동생은 솔직하게 받아들였다.

아마 평생토록 그 동생은 오빠 손의 따스함을 잊지 못할 것이다. 전쟁터로 가지 않으면 안 되는 오빠의 마음을 평생토록 생각하고 있으리라.

나 역시 3년 전에 셋째 오빠를 잃었다. 오빠는 죽기 3일 전 달려간 내 머리를 말없이 쓰다듬어 주었다. 그해 오빠에게는 쓰다듬는 것 외에는 마음을 나타낼 길이 없었던 것이다.

63세인 오빠가 58세인 내 머리를 어린애의 그것처럼 쓰다듬은 것이다. 그것이 형제라고 나는 생각한다.

이것은 부부간이나 연인 사이와는 다르다. 형제자매간의 사랑이다. 남성과 여성이라고 하지만 거기에는 성性을 초월한, 아니 성과는 전혀 관계가 없는 사랑이 있다. 형제라는 건 참 이상한 것이라고 나는 늘 생각한다.

면회 시간 다 되어
돌아서는 누나에게

부동자세 지으며
거수 경례 하였네

면회 시간이 다 되도록 두 남매는 얘기꽃을 피웠다. 다시는 못 만날지도 모르는 만남이다. 아마 이것을 끝으로 동생은 전선으로 출동했을 것이다.

어쩌면 동생은 마지막 인사로 "잘 있어! 누나."라는 말도 하지 못했을지 모른다. 동생 또한 상관에게 하듯이 부동자세를 취하고 거수경례를 했다. 얼마나 기막힌 상념을 짓씹으며 한 경례였을까.

누나의 눈에서는 비 오듯 눈물이 쏟아졌는지도 모른다. 나도 일찍이 군대에 간 동생을 면회하였을 때 몰라보게 수척해진 모습에 가슴이 찢어지는 듯한 심정으로 돌아온 경험이 있다.

형제자매에게는 또 다음과 같은 노래도 있다.

한사코 항공병이
되겠다는 동생을
양복점 견습으로
보내는 형의 마음

좋은 형이라고 생각된다. 동생의 간절한 항공병 지원을 막는데 오죽이나 애태웠을까! 양복점 견습공으로 취직시켰다고 이 작가는 당당하게 털어놓고 있는데, 그것이 오히려 배경의 심각성을 여실히 말해 주고 있다.

군국일본軍國日本에서는 국민 대다수가 방향 감각을 잃고 있었다. 틀림없이 이 형도 동생의 순수한 바람을 들어주고 싶었을 것이다. 그런 생각이 이 시의 다음 귀절에 숨겨져 있다.

이런 총명한 형이 옛날에는 있었다. 권위 있는 형도 옛날에는 있었다. 이 같은 굳은 사랑만이 참다운 사랑이 아니겠는가.

불 쬐는 손바닥을
번갈아 보는 형제
직업의 탓이리라
거칠어진 손길이

형제는 둘이 다 거칠은 손을 보았을 것이다. 어쩌면 한 사람의 손은 거칠고 한 사람은 그래도 흠 없는 손이었을지도 모른다. 아무튼 오래만에 만난 형제가 화롯가에서 불을 쬐면서 사이좋게 직장 이야기를 하고 있다.

일에 대해 얘기할 때만큼 사나이로서는 즐거운 때도 없다. 다정한 형제의 모습이 눈앞에 선하다.

내일이면 시집 갈
동생이기 때문에
아깝고 귀여운 맘

더하기만 하는가

형언할 수 없는 이 사랑, 이것이 형제간의 사랑이다. 다음 노래도 형에 대한 동생의 애절한 연민의 정이 넘치고 있다.

돌 지고 비틀대며
구름다리 위를 건너는
가엾은 형의 모습
이 눈으로 보았네

물론 형제간에도 여러 가지의 경우가 있다. 불행하게도 서로 미워하는 경우도 있다. 그렇다 해도 형제는 인간의 슬픔과 기쁨을 가장 가깝게 느낄 수 있는 하나님이 내려주신 가장 가까운 이웃이다.

*

죽음을 초월한 것

'안녕만이 인생이다'라는 유명한 말이 있다. 이렇게 말한 정열의 작가는 『안녕!』이라는 소설을 일간신문에 연재하던 중 사랑하는 사람과 강물에 몸을 던져 정사情死했다.

인간은 누구나 그 생애에 있어서 생별사별生別死別의 비탄을 겪는다. 사별보다도 더 쓰라린 생이별도 있는데, 아무튼 사별한다는 것은 괴로운 일이다. 자기 인생을 돌이켜 보고 그 사별의 슬픔을 생각지 않는 사람이 있을까. 비록,

"저 사람은 행복한 일생이었다."

라는 말을 들은 사람이라도 한 번쯤은 꼭 사별의 경험을 가졌을 것이다. 우리 인간은 살아가면서 여러 가지 죽음을 만나게 된다.

여기 『들국화』라는 이십 쪽 안팎 남짓한 시집이 있다.

불과 88편밖에 안 되는 아주 적은 양의 시집이다. 작자는 나리타 히로꼬成田弘子로서 그녀의 지금까지 살아온 세월은 결핵과의 싸움이었으며, 지금도 역시 요양 생활을 하면서 혼자 살고 있다. 실로 55년간에 걸친 길고 외로운 투병

속에서 그녀는 여러 가지 죽음을 보았다.

모두가 사이좋게
나누던 그 이야기
구수한 동생 말도
사십 년이 흘렀네

이 시집 속에서 읊은 것은 작자가 제일 먼저 체험한 사별에 대한 것이다. 그때 지은이의 나이 삼십오 세였으므로 여기 나오는 동생도 삼십 세는 넘었으리라 본다. 어쩌면 이십 대였는지도 모른다. 처자가 있었는지, 독신인지 이 노래로 보아서는 알 길이 없으나 어쨌든 애절한 노래다.

상냥하고 인정 많은 동생이었던 모양이다. 교통사고로 동생을 잃은 나는 내 동생의 죽음을 여기서 본 듯하다. 요양 중인 작자가 투병 생활을 통해 느끼는 강한 슬픔이 어쩐지 내 가슴을 찌르는 것 같다.

가까스로 다다른
부산釜山의 부둣가는
미쳐서 날뛴 자와
자살자로 들끓네

한국 서울에서 자란 지은이는 1945년 고국의 해방을 맞은 그해 11월에 귀국선을 탔다. 결핵 환자였던 지은이의 몸이 이런 상황에서 견뎌낸 것은 기적이라고 말할 수밖에 없다. 가까스로 서울에서 부산까지 내려온 작가가 본 것은 전쟁에 패배한 동포의 미친 듯한 모습이었고, 뒤를 이어 자살하는 사람들의 모습이었다.

이 같은 가슴 아픈 상황은 패전 후 만주에서, 사할린에서 그리고 국내에서도 볼 수 있는 현실이었다.

이렇게 해서 돌아온 작자는 오이타현大分縣 미혜 마을에서 살았는데, 거기서도 또 뼈아픈 죽음을 알았다.

흔적 없이 사라진
사촌누이 식구들
원수 같은 원폭이
앗아갔다 하더이

철수해 오는데 몸은 지칠대로 지쳐 버린 터에 들은 이 비보는 정말 견디기 어려운 슬픔이었다. 먹을 것도 없다. 재산이라고는 모두 서울에 그대로 놔두고 왔기에 갈아 입을 옷도 없었을 것이다. 침구도 살림 도구도 아무것도 없는 상태에서 늙은 부모까지 모시고 있었다. 이러한 상황에서 요양하는 것이니 그 생활은 어떠했겠는가.

작자는 돌아온 지 2년 후에 미혜三重 교회에서 세례를 받았는데, 그다음 해에 부모와 함께 오카야마현岡山県에 있는 동생 집에 얹혀 살다가 다음 해엔 나가사키현長崎県 후쿠에시福江市로 옮겨 갔다. 뼈저린 사별은 아직도 기다라고 있었다.

그것은 아버지의 죽음이고 어머니의 죽음이었다.

폐병 걸린 나만을
걱정하던 부모님
뒤를 이어 암으로
저세상에 가셨네

앓아 누운 어머님
눈은 이미 감겨서
볼 수 없는 방구석에
깁다 남은 옷가지

이 얼마나 가혹한 운명인가. 이 작가에게는 존경하는 한 교사가 있었다. 서울에 있을 때 여학교에서 배운 국어 선생님이었다. 독실한 기독교 신자인 이 여교사를 학생들은 모두 경모하고 있었다. 서울에서 철수할 때 그녀는 작자에게 한 권의 성경책을 선물로 주었다. 헤어지고 나서 수십 년 동안은 작자는 그 선생님을 그리워하며 살았다. 그러나

얼마나 그렸던가
몇십 년 긴 세월을
그래서 만난 그는
닷새만에 가셨네

그들이 재회했을 때의 자세한 상황은 알 길이 없으나 항상 마음의 지주支柱로 삼아왔던 스승을 만났을 때의 감회는 얼마나 감격적이었을까. 그 기쁨이 크면 클수록 그로부터 5일 뒤의 그의 죽음은 작자로 하여금 땅을 치게 했던 것이다.

인생이란 왜 이다지도 비정해야 하는가를 새삼스럽게 한탄하고 싶어진다. 게다가 또 이 작자는 1962년 9월 후쿠에 시의 대화재에서 집까지 태웠다. 그 뒤로 세례받은 땅 미헤 마을로 돌아가서 독신생활로 들어갔다. 현재 75세인 작자는 이렇게 노래한다.

기십 년幾十年을 병석에
누워 있는 날들이
하나님 은총인 줄
이제 와서 알았네

병이 짙어 죽을 땐
외롭게 죽는 것이
운영인 줄 알면서
성경책을 펼친 손

작자는 이 외에도 또 수많은 죽음을 만났을 것이다. 그러나 그건 죽음을 만날 때마다, '인생이 무엇인가?', '산다는 것은 도대체 무엇인가?'에 대해 그 의미를 배웠으리라. 우리들도 또한 언젠가는 모두 죽는다.

그리고 그 죽음은 사람들에게 뭔가를 남길게 틀림없다. 무엇을 남기는가, 그것은 우리들의 삶의 모양에 따라 정해질 것이다. 바라건대 이 작자처럼 어떠한 일을 당하던 신에 대한 은총에 감사하는 인생이 되었으면 한다.

*

어느 고독한 사람의 삶과 죽음

미즈노 겐조水野源三 씨의 노래

1984년 2월, 미즈노 씨가 세상을 떠났다. 그런데 과연 미즈노라는 이름을 알고 있는 사람이 얼마나 될까. 유명한 정치인이나 연예인처럼 그렇게 많이 알려지지도 않은 사람이다. 그러나 전국 각지에는 미즈노 씨의 이름을 아는 사람이 있다. 그리고 한번 그 이름을 알았던 사람은 그의 죽음에 대해 적잖은 충격을 받았을 것이다.

왜냐하면 미즈노 씨는 그를 아는 사람들의 삶에 커다란 영향을 준 그리스도인이었기 때문이다.

미즈노 겐조 씨는 나가노현長野縣 출신이다. 패전 다음 해 여름, 미즈노 씨는 초등학교 4학년이었다. 그런데 그때 갑자기 이질에 걸려 높은 열이 계속되었다. 그런 중에 마침내 뇌성소아마비가 되어 수족의 자유를 잃고 말도 못하게 되었다. 다행히 볼 수는 있었고 들을 수도 있었다.

그러나 자신의 의사를 전달할 수단은 완전히 잃었다.

그런데도 수만 편이 되는 시가詩歌를 지었다.

그렇다면 도대체 어떻게 해서 그 뜻을 전달하여 시가를 지을 수 있었을까? 듣는 것에 대해 고개를 젓는다든가 끄덕거릴 수도 없는 그였다. 그러던 것이 언제부터인가 ‘ア아 イ이 ウ우 エ에 オ오’의 고쥬온즈五十音圖(일본의 문자표)를 벽에다 붙여 놓고 어머니가 일일이 손가락으로 가리키는 방법을 취하게 되었다.

미즈노가 만약 ‘히토(ひと ; 사람)’라는 말을 하고 싶을 때에는 어머니가 ア아행부터 손가락을 짚어간다. 그러면 ハ하행에서 미즈노가 눈짓을 한다. 그때 어머니는 ハ하행에 미즈노가 말하려는 문자가 있는 것을 알고 위에서부터 아래로 또 짚어간다. 그러면 ヒ히 자가 있는 데서 미즈노가 눈짓을 한다.

이때 비로소 어머니는 ヒ히 자를 종이에 적는다. 이와 같이 ト도 자도 익혀 간다.

한 편의 시가를 만들려면 이들 모자 두 사람은 굉장히 애를 쓰게 된다. 그렇게 해서 한 자 한 자를 찾아가며 뜻을 나타내는 작업은 생각만 해도 아찔해진다. 그런데 미즈노는 이런 식으로 그렇게 많은 시가를 읊어냈다. 그 모자의 정신력에는 저절로 머리가 숙여진다.

난 지금 살고 있다
살려 하고 있기에
이(齒) 아리고 기침 나고
손발이 가려운 것

창밖의 나무 잎새
흔들리는 날이면
나의 기도祈禱 하나는
들어지고 나머지는
들어지지 않았네

위에 있는 두 편의 시는 『신도의 벗』 1984년 3월 초에 실린 작품이다. 미즈노 씨는 아마 이 작품이 입선된 것을 알고 죽었을 것이다. 첫째 편의 내용은 이가 아리고 손발이 가렵고 기침이 나는 매우 고통스런 상황이다.

그러나 미즈노 씨는 이(齒) 아린 얼굴 쪽에 손을 댈 수도 없고 가려운 다리를 긁지도 못하고 답답한 가슴을 만지지도 못한다. 그런 가운데서 '나는 살고 있다. 살려 하고 있기에'라고 노래할 수 있었던 그 마음은 얼마나 독실한 신앙인가. 하나님에 대한 신뢰는 이런 괴로움 속에서도 조금도 흔들리지 않고 있다.

그것은 둘째 편에서도 엿볼 수 있다. 우리 인간들 모두가 신자는 아니라고 해도 때로는 비는 경우가 있다. 하물며 신자로서는 말할 것도 없다. 그 기도가 이루어지도록 열심히 빈다. 그러나 자기 생각대로 들어주면 좋겠지만 설사 들어지지 않는다 해도,

"아, 빌어도 소용없다."

하고 하나님에의 믿음을 포기하지 않았다. 미즈노는 이렇게 해서 40년이라는 긴긴 세월을 상상할 수 없는

부자유한 생활을 하지 않을 수 없었다. 눕혀 주면, 눕혀진 그 자리에 물건처럼 움직이지 못하는 식물인간이었다.

창밖에 예쁜 새가 와서 지저귀지만 창가로 다가갈 수도 없었다. 무엇하나 자기 맘대로 할 수 있는 것이 없었다. 그런 상황에서 미즈노 씨는 하나님에 대하여 깊은 감사를 느끼며 살았다.

'나의 기도 하나는 들어지고 나머지 하나는 들어지지 않았네.'라는 귀절 속에는 자기 주장이라고는 조금도 찾아볼 수가 없다. 아집만이 있을 뿐이다. 다만 자유롭고 순수한 경지다. 이 얼마나 훌륭한가.

몇 번이고 연거푸
고맙다는 말을
하고 싶은 마음에
오늘도 저무는가

그 얼마나 감사에 넘치는 마음인가. 수족을 자유롭게 움직여도, 하고 싶은 말을 할 수 있어도, 우리들에게도 단 하루라도 좋으나 이 같은 감사하는 마음을 갖고 사는 날이 있었으면……. 말도 못 하는 사람이 소리를 내서 몇 번이고 고맙다는 말을 하고 싶다고 했다.

그 얼마나 숭고한 삶인가.

미즈노 씨가 시가를 지은 것은 결국 이런 감사하는 마음을 전하고 싶었던 것이다. 그리스도에게 구원받은 기쁨을 어떻게든지 전하고 싶었던 것이다. 몸은 비록 자유롭지 못해도 기쁨에 넘친 생활이 있다는 것은 모든 사람들에게 알리고 싶었던 것이다.

몸은 비록 못써도
감각만은 남았는지
불어오는 봄바람이
내 마음을 흔드네

이 시 역시 감사하는 마음에서 생겨난 것이다.

화분에 피어나는
패랭이꽃 나에게
가져오라 해놓고
근시近視인데 즐겼네

눈과 귀만은 건강하다 해도 화분에 심어진 꽃을 가까이 가져다주지 않으면 알아보지 못할 정도로 그는 또한 근시였다. 그러나 그래도 그는 이토록 기뻐하고 있다.

이와 같은 미즈노 씨는 자신의 육신보다도 사람의 영혼에 대해 더 마음을 쏟고 있다.

그 사람은 어째서
예수 곁을 떠났나

곰곰이 생각하는

낙엽 날린 겨울밤

나는 한 번 그를 찾아가 보려 했으나 끝내 그 기회를 얻지 못했다. 그렇지만 미즈노 씨에 대한 인상을 내가 존경하고 있는 에노모토榎本保郞 목사님은 이렇게 쓰고 있다.

"그 얼굴은 그야말로 천사의 얼굴처럼 빛나고 있었다."

라고. 마음으로부터 하나님을 믿고 기뻐하는 사람의 얼굴이었던 모양이다.

어떤 사람이 미즈노 씨의 집이 어디냐고 묻자, 그곳에 있던 사람이,

"예, 미즈노 씨는 이 마을의 보물이지요."

라고 대답하더라는 것이다.

그 얼마나 훌륭하고 멋있는가.

*

말로라도 알려야지

나는 올해로1986년 64세다. 일본이 패전하던 해에는 23세였다. 그러니까 그때부터 40여 년이라는 세월이 흐른 셈이다.

하기야 올해 50세인 사람도 패전하던 때에는 초등학교 4, 5학년이었다. 그걸 생각하면 모든 것이 새삼스러워 한숨이 나온다.

저 비참한 전쟁을 40세가 된 사람들도 잘 모르고 있지 않겠는가. 30대는 아직 태어나지도 않은 때였다.

"전쟁은 멋지다!"

이런 말을 초등학생, 중학생, 그리고 청년들이 하는 것을 들은 적이 있다.

전쟁은 멋있다고 말하는 사람들에게 있어서 도대체 전쟁은 어떻게 생긴 것이기에 그렇게 말하는 것일까. 그것은 텔레비전에 나오는 하나의 장면에 지나지 않는다. 하나의 꿈 이야기에 불과하다. 진짜 전쟁이라는 것의 비정하고 무참함을 알고 있는 사람들은 진지하게 이야기해 주어야 한다.

상대가 좋아하든 싫어하든 우리들은 그것을 이야기함으로써 다음 세대를 젊어진 사람들에게 체험시켜야 한다. 그래서 전쟁이라는 것은 결코 멋있는 것이 아니라는 사실을 일깨워 주어야 한다.

전쟁은 여러 가지 모양으로 우리들의 생활을 덮치기 시작한다. 이를테면 식생활 문제다. 이것이 어떻게 되어 갔던가. 요즈음은 어딜 가나 불고기도 생선회도 맘대로 먹을 수 있다. 지금 일본에는 굶주린 사람은 어딜 가나 찾아볼 수가 없다. 전쟁이 일어나기 전까지만 해도 그랬다. 돈만 있으면 무엇이나 살 수 있었다. 그런데 어느 틈에 제과점에는 과자가 없어지고 정육점에는 고기가 없어졌다. 거리를 아무리 뒤져 봐도 쓸만한 것은 찾아볼 수가 없었다.

나는 전쟁 중에 도나카에 있는 어느 병원에 입원해 있는 숙모를 문병하러 멀리 홋카이도北海道까지 찾아갔던 것이다. 식당에서 내놓은 음료수는 아무 맛도 없는 맹물이었다. 점심을 먹기 위해 식당 앞에는 수십 명씩 줄을 서 있었다. 가까스로 차례가 되어 의자에 앉자, 가져온 것은 한 숟갈밖에 안 되는 밥에 이름 모를 바다풀만 가득 담겨져 있는 국뿐이었다.

농직이 옷 두 벌과
바꿔 온 감자에다
보리쌀을 섞어서

희멀건 죽 끓였네

전쟁 때의 사정을 모르는 사람에게는 한낱 잠꼬대로 들릴지 모른다. 당시 쌀이나 생선, 담배, 술, 고기, 옷가지 등등 모든 것은 배급이었다. 돈이 있다고 해서 맘대로 살 수가 없었다. 그러나 배급에만 의존하고 있다가는 허기가 져서 견딜 수가 없다. 그래서 법망을 뚫고 암거래가 횡행했다.

나는 오사카의 한 병원에서 숙모가 사주신 밥 한 공기에 된장국 한 공기의 값이 너무나 비싸서 얼마나 놀랐는지 모른다. 그것은 놀랍게도 그때의 돈으로 10엔이었다. 여학교를 갓 나온 아가씨들의 초임금이 20엔인데 비해 밥 한 공기에 그 반을 내야 했다. 요즘으로 말하면 5만 엔도 더 될 것이다.

그래도 돈으로 살 수 있었으니 다행이었다. 차츰 식량 사정이 악화되면서부터는 암거래를 하면서도 거기다가 옷가지나 기타 귀금속을 얹어 주지 않으면 그나마도 구할 수 없게 되었다. 또 그렇게 해서 사들인 식량도 불과 며칠의 목숨밖에 감당하지 못했다.

먹을 만한 풀이면
무엇이나 캐내는
꽃 구경 나온 이들
풀 찾는데 바쁘네

전쟁 중의 식생활 생각이 되살아나는 것 같아 가슴이 미어진다. 나도 전쟁 중에 초등학교 교사로 있었으나 수업 시간인데도 근방에 있는 들이나 산으로 가서 풀잎이나 풀뿌리, 그리고 소나무 껍질을 벗겨 오기도 했다.

아이들 눈을 속여
치맛단에 감추고
감 한 개로 배 채운
허기진 엄마 마음

어머니라는 것은 내 자식에 대해서는 자기 목숨을 내주어도 아깝게 여기지 않는다. 그러나 그 전시 중의 배고픔에는 아이들 몰래 숨어서 감 한 개를 먹어야 할 정도로 심각했다. 총알이 날아오는 것도 무섭지만 인간이 인간답지 못한 것만큼 무서운 것도 없다.

그렇게도 아끼던
책까지도 모조리
먹을 것과 바꾸는
이 마음이 밉구나

하루살이 먹이를
얻으려고 줄을 선
행렬에 끼었다가

하루해가 저무네

신문지상이나 텔레비전에서 간혹 아프리카의 굶주린 사람들을 본다. 여윌 대로 여윈 그 모습, 그야말로 갈비뼈만 앙상하고 해골처럼 푹 꺼진 눈, 우리들의 가슴을 오려내는 듯하다.

전쟁 중에 있는 해군들의 사진을 어떤 책에서 본 적이 있다. 병사들은 모두 젊었다. 아직 애띤 얼굴을 한 병사들이 갑판 위에서 체조하는 사진이었다. 그들은 모두 갈비뼈가 앙상하게 드러나 있었다. 식량 사정이 그래도 가장 낫다는 군대가 그 모양이니 일반 사람들은 상상하고도 남는다. 여기다가 날마다 공습이 있었고 급기야는 원자폭탄이 떨어졌다. 그리고 수많은 사람들이 죽어갔다.

이불을 둘러쓰고
불 속을 뛰어가며
울부짖는 아이들
엄마는 어디 가고

삼천 넋이 깃들은
메이지좌明治座는 그대로
철문이 닫혀 있네
사람 흔적 없는데

1945년 3월 10일, 도쿄 대공습 때, 극장 메이지좌明治座 안으로 도망쳤을 때의 처절한 죽음이다. 전쟁이 어째서 멋있겠는가.

*

사진에 찍힌 것이 과연 '참'일까

'사진寫眞'은 참을 베끼는 것이다. 그래서 사진을 찍는다고 한다. 그 '참'이란 도대체 무엇일까. 참은 한순간일까. 아니면 그 한순간이 참의 전부일까.

4세 때에 나는 숙모, 언니, 동생 넷이서 사진관엘 갔었다. 숙모나 언니는 모두 여자답게 얌전하고 예쁘게 찍혔다. 그런데 내 얼굴은 입술을 내밀고 눈은 매섭게 뭔가를 노리고 있었다. 이 사진을 보았을 때의 나의 충격은 컸다.

"아야꼬는 조금도 화나지 않았는데 그 사진관 아저씨가 이렇게 화난 얼굴로 찍어 버렸단 말야!"

이렇게 나는 투덜댔다. 그것이 집안 식구들에게는 우습게 보였던지 때때로 아야꼬는 그때 이렇게 말했다면서 웃곤 했었다.

나이는 비록 네 살이었지만, 그때 나는 내 얼굴을 거울 속에서 본 일이 있다. 그 얼굴만이 내 얼굴인 양 생각하고 있었던 모양이다.

사람은 누구나 거울을 볼 때 이빨을 드러내 보인다든가

흘겨보지는 않는다. 자기를 사랑하고 있기 때문이다. 따라서 거울에 비치는 얼굴은 가장 선의에 가득 찬 얼굴이다. 의심하는 표정이나 심각한 모습은 아닐 것이다. 때로는 으시댄다거나 자기를 아름답게 보아서 오만해지는 수도 있을지 모르나 남을 대할 때의 자신과는 다를 것이다.

지난해 극작가인 야마타 다이치山田太一 씨의 강연을 들었다. 그때 야마타 씨는 다음과 같은 말을 했다. 이에 대해서 그 한 자, 한 귀절을 다 외우고 있진 않지만 대강 이러했다.

"어떤 젊은 여성이 누군가로부터 아주머니하고 불려졌을 때 나타내는 순간적인 표정은 아무리 뛰어난 명배우라도 그것만은 흉내 내지 못한다."

나는 그 말을 듣고 과연 그렇겠다고 생각했다. 아무리 명배우라도 지금 자기가 아주머니라고 불려졌을 때의 표정과 연기하는 것과는 다를 것이다.

이십대 여성이 아주머니라고 불리어졌다면 그것은 정말 충격적이다. 그것도 같은 또래의 여성으로부터 그렇게 불려졌다면 어떤 생각이 들까.

나는 지금 64세로서 할머니라고 불리워도 조금도 이상하지 않은 나이지만, 그래도 아직까지 한 번도 할머니라는 말을 들어본 적은 없다. 자식도 없고 손자도 없는 나는 만약 할머니라고 불리워지면, 과연 어떤 얼굴을 할까. 그 순간의 표정을 누군가 8밀리 필름에 담는다면 얼마나 부드러울까 하는 생각이 든다. 그리고는 웃음이 터져 나온다.

왜냐하면, 우리들은 비록 사진으로는 찍히지 않는다 해도 일상생활 가운데서 어느새 자신을 남의 눈에 띄게 하며 살고 있기 때문이다. 오만한 얼굴, 잔인한 얼굴, 교활한 얼굴, 비굴한 얼굴, 환한 얼굴, 어둡고 차디찬 얼굴 등등 자기 눈으로는 거의 한 번도 본 적이 없는 얼굴을 남의 눈앞에 터놓고 살고 있다. 사진으로 찍힌 얼굴만이 자기의 얼굴은 아닌 것이다.

자기에 대한 것은 자신이 가장 잘 알고 있다고 우리들은 말한다. 그러나 자기 얼굴조차도 한 번도 제대로 못 본 주제에 어떻게 그런 말을 할 수 있단 말인가. 나는 늘 이런 생각이 든다.

미우라의 시에

구멍가게 아줌마
얼굴이 닮았다며
사진의 그 얼굴을
아내는 보고 있네

라는 것이 있다. 구멍가게 아줌마 같은 얼굴이 있는지 어떤지는 모르지만, 나는 아마 그때 예전의 내 얼굴과는 다른 얼굴을 발견하고 놀랐던 모양이다. 13년 동안이나 요양 생활을 한 내가 구멍가게를 차린 뒤로 몸무게가 57킬로그램으로 불어나서 토실토실해졌다. 가냘프던 내가 억세고 튼튼한 생활인이 되었던 것 같다.

아무튼 이것도 참 나의 모습이었다.

뒷줄에 가려 있는
반만 나온 그 얼굴
그러나 눈빛만은
티 없이 맑았구나

모자란 동녀童女처럼
찍혀 있는 그 모습
아내에의 사랑이
새롭기만 하는데

예순이 넘었어도
이렇게도 어리게
찍혀 있는 사진을
날마다 보는 마음

처음 두 편은 십몇 년 전 것이고, 세 번째 것은 금년에 지은 미우라의 작품이다. 나는 일단 제대로의 여자가 된 셈으로 있었는데, 이 시들로 보면 아직도 어린 티가 남아 있었던 것 같다.

어린 것은 좋지만 지혜가 아직 뒤져 있는 것처럼 보였던 모양이다. 육십 세가 넘었어도 아기 같다고 그는 늘 입버릇처럼 말하면서 미우라는 자기가 찍은 내 사진을 지금도 책상 위에 두고 날마다 들여다보고 있다. 이런 어린 티가 어디서 왔는지 나는 아직 분석해 보지 못했지만, 아마 그가 보기에는 나의 정신 연령이 지금도 어리다고 생각하고 있는 모양이다.

나 자신도 내 사진을 보고 읊은 시가 몇 편 있다.

웃고 있는 나를 왜
쓸쓸한 얼굴이라
모두는 말하는가
그게 더욱 쓸쓸해

언덕 위로 올라가
그대에게 찍힌 얼굴
그 해도 변함없이
쓸쓸한 얼굴인가

웃는 듯 마는 듯이
찍혀 있는 내 얼굴
어이하여 이토록
애매한 표정인가

이 세 편은 모두 요양 중인 내 사진을 보고 읊은 것이다. 동녀童女(숫처녀)인 것도 사실이지만, 어딘가 쓸쓸하게 보이는 것도 진실이다.

그러나 어쨌든 그것은 평생토록 남에게 보여 온 그때그때의 내 얼굴에 비하면 그야말로 큰 바다의 물 한 방울에 지나지 않는다. 그런 것을 요즈음 나는 생각하고 있다.

*

강江마을에 타는 겨울 노을

1984년 6월, 나는 그리스에 갔다. 그때 아테네에 사는 일본인 여성으로부터 들은 말은 나를 놀라게 했다.

"그리스에는 거의 강다운 강이 없지요. 설사 있다 해도 아주 수량이 적은 큰 시냇물 같은 겁니다. 그래서 아이들을 데리고 고국엘 가면 강을 보고 모두 신기한 듯 하루종일 강만 바라보았지요."

과연 세계는 넓다는 생각이 들었다.

"난 어머니의 고국에 가서 온종일 강만 바라보았다."

라고 말하는 소년의 모습이 눈에 선하다. 그것은 어쩐지 비통한 생각마저 들게 해주었다. 어딜 가나 강물이 흐르고 있는 환경 속에서 사는 우리들은 상상하기도 어려운 일이다.

내가 태어나서 자란, 그리고 지금도 살고 있는 아사히카와는 강의 마을이다. 쥬베츠忠別강, 우슈베츠牛朱別강, 가모이街神강, 이시카리石狩강의 네 강줄기가 시내 한복판을 흐르고 조금 하류에서 그것이 하나가 되어 이시카리 강을 이루어 깊고 넓게 흐르고 있다.

내가 자라며 어린 시절을 보낸 집은 우슈베츠강과 이시카리강 바로 옆이어서 어렸을 때부터 난 곧잘 강가에 나가 놀기도 하고 고기도 잡고 멱도 감았다. 소녀 시절에는 강가에 앉아 흐르는 강물을 바라보면서

"아아! 강은 이렇게 인생을 생각게 하는구나."

하고 한숨 짓곤 했었다. 또 강 언덕에 앉아 낚싯대를 드리우고 있는 사람의 뒷모습에서 뭔가 외로움을 느끼기도 하고 강가 모래밭에서 밥도 지어 먹고, 무더운 여름이면 이시카리강의 맑은 물에 몸을 담그기도 했었다.

그런데 나는 몇 편의 시를 쓴 일이 있으나 강 가까이에 살면서도 강에 대한 것은 단 한 편밖에 없다.

탄가루로 물들은
가모이街神 강물엔
두 해 남짓 내 청춘
아롱아롱 깃드네

이것은 내가 초등학교 교사 시절, 2년 4개월이나 살았던 탄광촌을 흐르는 강의 노래이다.

선탄장에서 석탄을 씻기 때문에 강물은 온통 새까맣게 흐르고 있었다. 그래도 이 강물에는 탄광촌의 모습이 깃들어 있었다.

빨간 풍차 자는 듯

돌아가는 강 언덕
눈 녹아 불은 물이
잔잔히 여울지네

20여 년 전만 해도 이시카리강 하류 삿포로 가까운 에베츠江別 근방에는 빨간 풍차가 있었다.

눈이 녹아 불어난 강물과 천천히 돌아가는 빨간 풍차는 그야말로 이국적 풍경을 연상케 한다.

미우라가 청년 시절에 출장 갔다가 읊은 노래이다. 아직 미혼이었던 미우라는 무엇을 생각하며 이 풍경을 보았을까.

구치空知강 원류인가
실날 같은 강물이
눈으로 이루어진
웅덩이를 잇는다

눈(雪)을 모르는 다른 지방 사람들에게는 이 시의 상황을 상상하기란 좀 어려울 것이다.

북국의 겨울은 산도, 들도 때로는 강까지도 온통 흰 눈으로 덮여 버린다. 그래도 띠엄띠엄 강이 얼굴을 내밀어 그것이 눈으로 된 웅덩이를 이룬 것같이 보이는 수가 있다. 그것을 미우라는 시의 소재로 삼았던 것이다.

나는 이 시를 좋아한다. 순백의 설야雪野 속에 점철하는 강의 모습에 어쩐지 정적이 깃든 자연의 의지 같은 것을 느낀다.

조금만 곤란한 일이 생기면 쉽게 자기 인생을 팽개치는 연약한 인간에게는 이 겨울의 강 모습에서 가슴을 찌르는 감동을 느낄 것이다. 적어도 나에게는 그와 같은 강렬함을 느끼게 해 주는 노래이다.

진찰받고 오면서
겨울 강물 소리를
들어보니 내 마음
웬일인지 쓸쓸해

결혼한 다음 해에 지은 미우라의 시이다. 겨울을 흐르는 강물 소리는 진찰받고 돌아오는 미우라의 마음에 뭔가를 말해 주고 있다. 아니 그것은 그 자신의 심경을 상징하고 있었는지도 모른다.

아무튼 강은 그에게 위안이 되었다. 거기에 인간과 자연과의 대화가 있다.

강물 위에 내린 눈
내렸다가 녹는 것이
인생도 이와 같이
왔다가 가는 것을

무엇을 보고 무엇을 노래하는가를 보면 그 사람의 마음을 알 수 있다. 기쁘다고도, 그리고 슬프다고도 작자는 말하지 않지만, 나에게는 어쩐지 쓸쓸한 노래처럼 느껴진다.

인간의 생生과 사死를 응시하고 있는 듯한 종교성을 이 시에서 느끼기도 한다.

흑림黑林에 빨려 가듯
다뉴브 느린 흐름
그 깊이 얼마인가
여울도 일지 않네

나는 다뉴브강을 모른다. 따라서 이 시가 읊어진 배경도 모른다. 그런데도 내 눈으로 본 듯이 한숨이 저절로 터져 나온다.

이 시는 작자가 다뉴브강의 원류를 찾아 강을 거슬러 올라갔을 때 지은 것이라 한다. 나는 걸핏하면 시에서 종교성을 느끼게 되는데, 이 시에서도 역시 똑같은 감회를 느낀다.

강에는 여러 가지 모습이 있게 마련이다. 다음 글에도 내가 모르는 강의 모습이 있다.

송화강松花江 하늘 높아
울리는 저 소리는
강물이 얼어가는
소리인가 하노라

눈 아래 얼음 속을
소리 내며 흘러가는
길림강吉林江 성난 물결
무섭기도 하여라

이 세상 것 아닌 듯
얼어붙은 저 강줄기
들려오는 물결 소리
얼음 속이 아니던가

이렇게 되면 이미 강은 인간과의 대화를 거절하고 있는 것 같이 생각된다.

그러나 이러한 자연의 무서움을 만난다는 것은 실은 보다 깊은 곳에서 대화하는 것이 된다. 자연의 엄숙함에 대결하는 것이야말로 구도求道의 첫걸음이다. 하지만 나로서는

따사로운 햇볕 아래
유유히 흐르는 강
어디서 오는건가
넓은 들녘 저쪽에서

이와 같은 따사로움, 탁 트인 시원함도 또한 있어야 할 자연의 모습이라고 생각한다.

*

시인의 고독한 노래

현재 나는 소설을 쓰고 있지만, 원래는 이른바 문학소녀는 아니었던 것 같다. 탄광촌인 우티시나이歌志内에서 초등학교 교사로 있던 17, 8세 무렵, T라는 동료 교사가 있었다.

그녀는 곧잘 투르게네프(1818~1883: 러시아의 작가)나 체호프(1860~1904: 러시아 소설가)를 논하며 동서고금의 명시名詩들을 줄줄 외우면서 저녁 식사 준비를 하곤 했다. 문학소녀란 이런 사람을 두고 하는 말일 것이다.

그런 그녀에게 오직 감탄만 하던 나도 어느새 그의 영향을 받아 이시카와 다쿠보구石川啄木의 시를 읽게 되었다. 그렇게 자주 읽지는 않았지만 이상하게도 그의 시는 상당히 많이 외우고 있는 편이다. 얼마 전 수십 년만에 이시카와 다쿠보구 시집을 읽었는데, 그때 외우고 있는 것이 하도 많은 것을 보고 나 자신 놀라기도 했다.

모래 언덕 위에 누워
지난날의 첫사랑을

생각하는 날이면

목숨 없는 모래알
손가락 사이로
속절없이 흐른다

큰대자를 수없이
모래 위에 썼다가 지우고
죽는 것도 지겨워
발길을 돌렸네

이 〈모래 위의 노래〉를 속으로 읊던 시절이 어제같이 느껴진다. 뜨겁게 달구어진 홋카이도의 여름날 모래밭의 감촉이 나 자신의 체험처럼 떠오른다.

그럼에도 불구하고 나는 어느새 다쿠보구로부터 멀어져 갔다. 그의 시에는 너무 눈물이 많고 또 너무나 감상적인 것 같은 생각이 들었다.

멀리서 피리 소리 들리면
어쩐지 숙연해져
눈물 나오네

북녘 강 언덕에
버들잎 푸르르니

눈물은 더 하누나

어리석게도 그때 나는 사내가 운다는 데 대해 알지 못할 저항감 같은 것을 느꼈다. 그리고 난 문학을 몰랐기 때문에 이 같은 아무런 설명이 필요 없는 평범한 가풍歌風을 낮게 평가했던 것이다.

이와 같은 생각은 나뿐만은 아니겠지만 문장이나 시, 그리고 시가詩歌 같은 것을 평소에 우리들이 쓰는 언어로 알기 쉽게 표현하면, 그것을 가볍게 보는 경향이 있는 것 같다. 게다가 그의 빈한함은 그의 성격 탓이라고 나는 오해도 했다. 그래서

으스러지게 일해도 아직
내 생활은 필 날이 없어
이 손 탓인가 하여
손만 들여다보았네

라는 노래조차도 어쩐지 절실한 감동이 없는 것 같이 생각하기도 했었다.

아무리 젊다 해도 난 왜 그리 천박하게만 느끼고 있었던지…… 시가라는 것이 어떤 배경에서 생겨나는 것인지, 어떤 생활에서 우러나는 것인지에 대한, 인생에 깊이 뿌리 내린 감상안鑑賞眼이 없었다.

그러나 이시카와 다쿠보쿠 시인의 26년 남짓한 짧은

생애는 그야말로 참담했다. 하지만 26년 동안의 생애 중 20년은 그는 가난이라는 것을 몰랐다. 풍요롭지는 않았지만 적어도 자고 먹는 데는 곤란을 느끼지 않았었다.

그는 스님인 아버지의 장남으로서 모리오카盛岡의 빈민촌에서 태어났다. 그러나 그가 20세 되던 해 그의 아버지와 종단과의 알력이 생겨 부모는 절에서 쫓겨나게 되었다.

그래서 이시카와는 어린 몸으로 어렸을 때부터의 연인이었던 세츠꼬節子와 결혼했다. 그리하여 그는 갑자기 양친과 아내와 누이동생을 부양해야 할 소년 가장이 될 수밖에 없었다. 이 예부터 가난을 모르던 그는 문자 그대로 찌든 가난 속을 죽을 때까지 헤매야만 했다.

그 당시 촉탁 교원이 된 이시카와의 월급은 불과 8엔이었다. 메이지明治 말기라고는 하지만 8엔이라는 적은 돈으로 가족을 부양하기란 도저히 불가능했다. 그러므로 먹는 날보다 굶는 날이 더 많았다.

그래서 할 수 없이 다른 직장을 찾아 다음 해에는 하코다테函館로 갔다가 큰 화재를 만났으며 삿포로, 오타루, 우데와지 등지로 전전했다. 이런 동안에 아들을 잃었다.

24세가 되어 겨우 아사히 신문의 교정 기자로 입사할 수 있었는데 그것도 잠깐, 다음 해 연말부터 폐결핵에 걸려 새해를 맞자마자 입원하는 신세가 되었다.

이렇게 해서 1년 2개월이라는 가난하고 괴로운 요양 생활을 하던 중 만 26세가 되던 해에 요절하고 말았다.

이 얼마나 얄궂은 일생인가. 이런 그의 생활을 이해했더라면, 나는 그때 이시카와 다쿠보쿠의 눈물을 결코 감상적이라고는 생각지 않았을 것이다.

돌팔매 맞으며
쫓겨나듯 고향을
등진 슬픔
가실 날이 없어라

이렇게밖에 노래하지 않을 수 없었던 그의 슬픔, 가실 줄 모르는 슬픔이 지금 내 가슴을 때린다. 그러면서도 그는 결코 고향에 대한 그리움과 사랑을 잃지 않았다.

고향 산천 바라보니
말마저 잊는구나
내 고향 산천이여
고마운 산천이여

이 한 편의 시에 담겨져 있는 이시카와 다쿠보쿠의 감회는 깊기만 하다. 이렇게 단순화된 평이한 노래, 마음속 깊이 스며드는 감동어린 시를 보면 이시카와의 천재성을 새삼스럽게 느끼게 된다.

*

언니에 대한 그리움

나는 때때로 '만약 언니가 죽으면……'하는 생각에 오싹해질 때가 있다. 그렇게 되면 나 자신도 반은 죽을 것 같은 생각이 들기 때문이다.

우리들 형제는 7남 3녀였다. 그중 막내 동생은 내가 13세 때 6세로 죽었다. 그러니까 세 자매 중 단 둘이 된 것이다. 게다가 언니는 나의 바로 위였기 때문에 다른 형제들보다 나에게 준 영향이 컸다. 그것은 오직 나이가 가깝다든가 여자끼리라는 것보다도 언니의 타고 난 자질에서 온 것이었다. 언니의 문학적 자질은 나보다 훨씬 앞섰다.

소녀 시절, 난 언니와 같이 심부름 가는 것이 가장 즐거웠다. 그것은 거리가 멀면 멀수록 좋았다. 그 당시만 해도 탈것이 귀한 때라 왕복 십 리 정도는 거뜬히 걸어 다녔다. 그 길에서 언니는 옛날 이야기를 해 주었다. 듣고 있노라면 눈앞에 이야기의 내용이 똑똑히 떠오를 만큼 언니의 얘기 솜씨는 대단했다. 줄거리 전개도 훌륭해서 싫증을 느끼지 않았다.

나 역시 독서를 좋아했지만, 언니는 내가 따라갈 수 없을 만큼 대단한 독서광이었다.

그때 우리 집은 맘대로 책을 사볼 만한 정도가 아니었으므로, 언니는 언제나 어디선가 책을 빌려오곤 했다. 언니는 좋은 책만 골라 읽었기 때문에 초등학교를 졸업할 무렵에 난 헤세(1877~1962: 독일의 작가, 시인), 지드(1869~1951: 프랑스의 작가), 톨스토이(1828~1919: 러시아의 소설가), 도스토에프스키(1821~1881: 러시아의 소설가) 등 세계적 문호들과 만날 수 있었다.

그 언니에게는 다음과 같은 시가 있다.

비구름 짙게 깔린
한낮의 풋풋함에
털게 두 마리를
삶아서 죽게 하다

이 삶아서 죽였다는 말에서 나는 언니의 섬세한 감수성을 본다. 나 같으면 우선 삶아서 먹었다든가 삶고 있었다고 무신경하게 읊어 버렸을 것이다. 삶아서 죽게 했다라고 하는 안쓰러움을 갖는다는 것은 한 인간으로서 소홀히 넘겨버릴 일이 아니다.

다음 시에서 나는 그런 느낌을 갖는다.

의식마저 못 찾는
어머니 병상 옆에

어인 일로 복사꽃은
온종일 피었는가

이 시에 표현된 어머니는 양어머니였다. 이 어머니도 곧잘 책을 놓지 않았는데 만년에는 노망이 들어버렸다.

몇 달이나 의식이 불명한 채 있다가 결국 세상을 떠났는데 의식 불명인 병자의 머리맡엔 복사꽃 꽃꽂이가 있었다. 비록 보지 못할망정, 의식이 없을망정 곁에 꽃을 장식해 준다는 것은 매우 중요한 일이라 생각된다.

만약 내가 의식 불명이 되었을 때 해봤자 소용없는 일이라고 해서 하다못해 꽃 한 송이도 꽂아 주지 않는다면 어떻게 될까.

그러나 이와 반대로 알던 모르던 수반이나 꽃병의 물을 갈아 주는 사람이 있다면…… 생각만 해도 가슴이 답답해진다. 시는 이런 마음에서 생겨나는 것이 아닐까.

집 나간 아들 생각
쓸쓸해 한 남편에게
나는 먼저 물었네
요즘의 정치 얘기

부부로서 있을 수 있는 표현이다. 서로 사랑하고 있는 부부라고 생각한다. 아들이 집을 나간 것을 이 부부는 함께 쓸쓸해 하고 있다. 그것은 말은 하지 않아도 서로의 표정에서 느낄 수가 있다.

이 아내는 아들에 대해서는 일체 언급하지 않고 다만, 정치 얘기를 꺼냈다. 아들에 대해 얘기해서는 안 된다. 남편이 외로워하는 것을 위로하기 위해서 딴 데로 화제를 돌린 것이다.

이런 자상한 마음씨가 내 마음을 때렸다.

해 저문 석양이면
가신 오빠 생각난다
생전에 그가 앉던
흔들의자 보면서

이 오빠는 언니 바로 위였다. 유도가 6단이었는데 큰 소리 한 번 치지 않는 순한 오빠였다. 체격 좋고 건강하던 오빠가 갑자기 죽었다.

해만 저물면 자꾸만 그 오빠가 생각났던 모양이다. 흔들의자가 흔들거리는 것을 물끄러미 바라보면서 슬픔을 짓씹고 있는 언니의 커다란 눈동자를 나는 지금도 눈앞에서 보는 듯하다.

다음 시 역시 죽은 자를 애도하는 내용을 담고 있다.

열 네 시간 살았던
아들 묻은 설원雪原엔
어느덧 봄기운이

소리 없이 찾았네

언니가 낳은 맏이는 불과 14시간을 살다가 죽었다. 쥰淳이란 이름을 가진 그 아기의 사진을 보면 콧날도 오뚝해서 갓난아이 같지 않았다.

언니는 이 아이에 대한 시를 많이 읊고 있다. 어쩌면 앞에서 소개한 털게 노래도 그 의식의 밑바닥에는 이 아기와의 관계가 깔려 있는지 모른다.

나에게는 어머니로서의 슬픔과 미쁨의 간절함이 새삼스럽게 느껴진다.

활짝 열린 창밖에
쏟아지는 눈을 보니
어두웠던 내 생각
어이해 밝아질까.

아마 뭔가 어두운 생각에 잠겨 있었던 모양이다. 슬픈 일을 생각하고 있었을까.

인간은 누구나 살고 있는 한 마음을 어둡게 하는 뭔가를 가지고 있다. 그러나 잠깐 시선을 돌리는 순간, 이제까지의 생각이 딴생각으로 바뀐다. 이것은 누구나가 경험하는 심경이다. 거기에 인생의 전개가 있다. 또한 묘미가 있는 것이다.

항상 같은 데에만 시선을 두어서는 안 된다. 아무튼

언니의 노래에서 섬세한 시정詩情을 느끼면서, 그러나 나는 다음 글에서 생활인으로서 수십 년을 살아온 언니의 어엿한 모습을 보고 마음이 가벼워진다.

김치독 얼음 깨고
녹슨 칼 닦아내니
눈 쌓인 땅거미가
밝아진 듯하여라

*

가난의 아름다움

지금 내 곁에 등사판으로 인쇄된 먼지 쓴 『아사히카와 시우회보』철이 놓여 있다.

1949년 10월부터 1954년 2월까지 발행된 〈시가회보詩歌會報〉다. 이것은 모두가 등사판으로 밀어진 유인물로서 원지原紙를 필경한 사람은 폐결핵으로 휴학 중에 있는 도호쿠東北 의과대학생 마에카와 마사루前川正였다.

다달이 거의 정기적으로 이 회보를 펴내고 있다. 적어도 등사 원지 50장은 한 달에 한 번 필경해야 했다. 결핵 환자인 그에게는 결코 쉬운 일이 아니다.

그는 1954년 5월 1일 오랜 투병 생활 끝에 세상을 떠났다. 이 회보는 그가 죽기 3개월 전까지 발행되었다. 그의 시가에 대한 남다른 애정을 지금도 나는 가슴 아프게 생각하고 있다.

마에카와는 어렸을 때 우리 옆집에서 살았었다. 1년밖에 살지 않았지만, 그는 내 마음속에 강한 인상을 남기고 있었던 것만은 확실하다.

20년 후 결핵 환자들의 모임에서 우리는 우연히 만났다. 당시 3백 명이 넘는 회원을 갖고 있는 이 모임의 서기는 나였고 그는 간사였다. 이런 관계로 우리는 급속히 가까워졌고 시를 짓는 일이나 성서를 읽는 것에 대해 나는 그에게서 많은 것을 배울 수 있었다.

이 『아사히카와 시우회보』 제1호부터 나는 내가 쓴 시를 기고했다. 말하자면 내가 지은 시가 널리 알려지게 된 것도 이때가 처음이었다.

먹으라는 양보다
갑절이나 먹게 되면
죽는다는 의사 말
되새기며 날이 저무네

밤중에 돌아와서
그대로 누워버린
날 보고 부모님은
탓하지도 않으시네

이 시에 나타나 있듯이 당시의 나는 허무적이고 퇴폐적인 사람이었다. 나는 오직 내 마음속만 들여다보며 살고 있었다. 그러나 마에카와의 시는 그렇지 않았다.

수련의修練醫도 없는

뒤쳐져 있는 이 나라
생각하면 할수록
안타깝기 한없네

예수교도 주일을
반동이라 헐뜯는
그 사람의 큰소리
나에게로 향했네

그는 사회적인 넓은 시야에 서서 노래를 읊음과 동시에 서정시나 서경시敍景詩도 썼다.

처음에는 회원 30명 정도로 시작했었는데, 당시는 너나 할 것 없이 모두가 가난했다. 전쟁이 끝난 지 불과 4년밖에 되지 않은 때였다.

이 30명 중에는 돈 있는 사람도 없었던지 병약한 마에카와의 헌신적인 봉사로 회보가 발간되고 있었다. 비록 작은 팸플릿에 지나지 않지만, 이 회보에 기고된 작품형이나 에세이들은 지금 읽어 보아도 그야말로 참신하고 아름답고 티 없는 것들뿐이다.

시우회 모임도 매달 마에카와 집에서 열렸다.

나도 당시 폐를 앓고 있었으나 체력이 허락하는 한 이 회지會誌의 교정을 보기도 하고 등사판 옆에 서서 등사를 돕기도 했다.

주간지 구인란을
훑어보는 이내 몸
살 수 있는 방법은
없는가 한숨짓네

나는 돈이 필요했다. 일전 한 푼도 수입이란 것이 없었다. 어느 때는 양말 장사도 했고, 공책이나 연필을 갖고 학교를 두루 찾아다니며 팔기도 했다.

나의 가난은 누가 보아도 금방 알 수 있었다. 이 회지의 프로필 난에 누군가가 나에 대해 이렇게 쓴 일이 있다.

'신장은 157센티미터쯤 극히 스마트한 몸매, 체중은 34킬로그램, 언제나 가진 돈은 없으나 그래도 궁색하게 보이지 않는 것이 이상하다. 화복和服, 양복 각 두 벌밖에 없는데, 그것도 모두 연분홍 계통이었지만 비교적 잘 맞춰 입는 편이다. 단발머리는 퍼머넨트 전성시대에는 드문 스타일이다.'

이와같이 나에게 돈이 없다는 것을 누구나 알 수 있었다. 퍼머를 하지 않은 것도 미장원에 갈 돈이 없었기 때문이다. 하지만 그래도 난 별로 불행하다는 생각은 갖지 않았다. 적어도 가난이라는 것이 내 위에 군림할 수는 없었다. 가난에는 이미 만성이 되어 버렸던 것인지도 모른다.

하지만 나에게 책을 읽는 돈만큼은 절대로 필요했다. 특히 『시우회』 회지에 입회할 돈이 필요했다. 이런 나를 위해 마에카와가 그 입회 수속을 해 주었다. 물론 그가 돈을 대주었던 것이다. 그는 용돈을 아버지에게서 타서 쓰고 있었다.

나는 내가 쓴 시를 약봉지 뒤에나 광고지 뒤에 적어 두곤 하였다. 공책 살 돈이 없었기 때문이다. 만년필 같은 건 물론 갖고 있지 않았다. 하지만 연필로도 얼마든지 글을 쓸 수가 있었다.

그때 나는 시를 짓는다는 것은 돈이 들지 않아 좋다고 생각했다. 이것이 그림이나 사진이라면 카메라나 화구畵具가 필요할 것인데 시를 짓고 글을 쓰는 것은 연필과 종이만 있으면 된다.

몸이 약해도 가난해도 이것만은 얼마든지 할 수 있다. 슬픔이나 탄식, 절망 등을 노래하고 있었지만, 나는 차차 '짓는 일' '만들어 내는 일'의 훈련을 쌓고 정신적으로도 재출발해 가고 있었다.

그리고 나는 시로 말미암아 문장의 맵시를 익혀 가고 있었다 해도 과언이 아니다. 시는 내가 살아가는 데 큰 위안도 되었고 또한 격려도 되었다.

*

4

인생의 계절

인생의 계절

*행복과 사람의 모습

올 10월은 이상하게도 햇살이 투명하고 강하다. 오후에 이층 6조 다다미방에서 남편과 함께 일광욕을 즐겼다. 두 사람 모두 알몸이 되어 바다도 모래도 없는 '미우라 해안'이라고 이름 붙인 다다미 위에 눕는다. 15분쯤 햇볕을 쪼이고 나면, 마치 목욕을 한 뒤와 같은 상쾌한 기분이 된다.

일광욕을 마치고 아동 공원엘 갔다. 기시모토 목사님의 아들 노베히코와 아오코가 달려와서 인사를 한다.

"안녕하세요!"

낯모르는 아이까지 따라와서 인사를 한다.

"몇 살이니?"

조그마한 계집아이는 네 살이라고 말하고, 사내아이는 세 살이라고 대답했다. 그 순간 50년이 지나도 지금의 나보다 더 젊겠구나 하고 나는 마음속으로 탄성을 올린다.

그러나 그다음 순간, 이 아이들이 이제부터 장차 50년 동안 살아나가는 것도 큰일이구나 하는 불안한 생각을 해 본다. 이 아이들이 어른이 될 때까지 전쟁이 이 아이들의 생명을 앗아갈지도 모른다. 만일 50년 동안 전쟁이 발발하지 않는다면 이것은 만세다. 절실하게 평화를 기원했다.

큰아이들이 달려와서 묻는다.

"아줌마, 올해도 크리스마스 놀이 할거예요?"

"그럼. 크리스마스 때 놀러 오너라."

내가 대답하자,

"난 벌써 세 번이나 갔었어."

"나는 가본 적이 없는데…… 몰랐었단 말이야."

"재미있다. 미우라 아줌마네 크리스마스는……"

떠들썩하게 한마디씩 한다.

공원 안을 몇 바퀴 돌고는 집으로 돌아왔다. 아직도 아카시아잎이 파랗게 빛나고 있었다.

*인생의 계절

저녁때 〈아와마지〉 지의 여기자가 찾아왔다. 내년부터 2년에 걸친 수필 연재에 관한 의논을 하기 위해서다. 매호 성경 귀절을 인용해서 써 주었으면 했다. 다도茶道에 관한 책과 성경 말씀과는 언뜻 보기에 관련이 없는 것 같지만 결코 그렇지 않다.

가톨릭 성당의 미사 진행을 살펴보면, 성찬식 전례가 다도와 너무나 유사하다는 사실에 놀라움을 금할 수 없다.

훤칠한 키에 청결한 용모의 젊은 여기자가 말했다.

"미우라 선생님의 글을 받을 때까지는 결혼하지 않을 작정이에요. 정말 무사히 끝마칠 때까지 결혼하지 않겠어요."

이 말을 무심히 흘려넘길 수가 없다. 작년에 나는 그녀의 원고 청탁을 거절했던 것이다.

*삶의 빛깔

저녁 7시부터 언제나 그렇게 하여 왔던 것처럼, 둘째 금요일의 정기 집회가 우리 집에서 모임을 갖는다. 이 집회를 위해 우리 집을 개방한 것이 어느덧 17년째다.

오늘은 심한 비바람 때문에 출석자가 줄어들어 목사님 외 17명이 참석했다. 목사님의 설교가 끝난 뒤에는 간담회, 대개 10시경에는 집으로 돌아가고, 그다음 1시 반까지 마쓰다 군, 마루야마 부부 등 몇 사람의 젊은이들과 이야기를 나누었다. 하나님의 창조에 관해서, 과학과 신의 실재에 관해서 등등 모두들 진지하게 대화를 나누었다.

이야기를 듣고 있다가 나는 말해 주었다.

"신은 이해할 수 있는 분이 아니다. 그분을 이해할 수 있을 때까지는 그 당사자의 기도도 물론 필요하지만, 다른 사람에 대한 남모르는 기도가 필요한 것이다. 다른 사람의 영혼을 위하여 기도하는 것은 돈벌이가 되지 않을 뿐더러 눈에 보이는 무엇인가를 얻는 일도 아니지만, 그 기도를 올리는 동안이야말로 자기 자신이 끝없이 풍요로워진다.

사랑한다는 것은 무엇인가, 믿는다는 것은 무엇인가를 하나님에게 질문받을 때도 있을 것."이라고.

* 패자를 위한 훈장

일요일. 아침 10시부터 창립 80주년 기념 예배를 로큐죠 교회에서 보다. 이어서 성찬식, 기념회, 저녁 식사 등으로 밤 10시가 되어서야 집에 돌아왔다.

이 기념회에 생각지도 않은 T씨가 출석하여 더욱 은혜롭게 해 주었다.

T씨는 1주일 전 일요일에 부부가 함께 세례를 받았다. 가정파탄 직전에 이르렀던 이 사람이 나에게 전화를 걸어왔던 1년 전의 일이 생각난다.

"참으로 저는 나쁜 인간입니다."

하고 전화 속에서 울고 있던 T씨에게 나는,

"당신은 교도소를 나온 지 얼마나 되셨지요?"

하고 말도 안 되는 소리를 했었다.

그는 처가에 찾아가 보아도 만나주지 않는다고 했다. 그러던 것이 1년 후에는 밝고 평화로운 가정이 되었다.

그리스도의 사랑이 사람마다의 마음속에 머무를 때 확실히 그 인생은 변혁된다. 상대방이 나쁘다고만 생각하던 것을 바꾸어 자기 자신이 죄인이라고 생각하게 된다. 인간에게 있어서 무엇이 가장 소중하고, 무엇이 소중하지 않은가를 분명히 깨달을 수 있게 된다.

이러한 변화는 성미 급한 사람의 마음이 느긋해졌다든가 늦잠꾸러기가 일찍 일어나게 되었다는 따위의 그런 변화와는 전혀 다른 것이다. 그가 서 있는 장소가 우선 완전히 달라지는 것이다.

남편 미우라와 함께 새로운 마음으로 T씨의 가정을 위해 기도드렸다.

*씨 뿌리고 가는 인생

구름 낀 뒤에 비.

〈주부의 벗〉에 연재하고 있는 『내가 만난 책』의 마지막 회분 성서 원고를 보냈다. 이제 마지막회 원고를 발송했지만, 남편의 검열에 걸려서 다시 썼다.

"어제 보낸 원고는 너무 신자들을 의식한 글이야."

하고 남편이 말했던 것이다.

첫 번째 독자인 남편의 평은 나에게 있어서 중요한 제언이었으므로 순순히 고쳐 썼다. 단숨에 18매를 구술하여 간신히 마감일에 맞추었다. 고쳐 쓰는 것을 귀찮아해서는 안 된다.

"고쳐 쓰기를 싫어하면 훌륭한 작품을 쓸 수 없음을 명심해요."

남편은 몇 번이고 말한다. 하지만 나는 게을러서 고쳐

쓰기를 좋아하지 않는다. 곁에서 충고해 주는 사람이 있어 고쳐 쓰기도 하지만, 만일 그런 것이 없다면 완성된 작품의 상태가 상당히 달라지지 않았을까?

내가 구술을 반복한다는 것은 남편이 다시 한번 필기하지 않으면 안 된다는 뜻이기도 하다. 한 글자 한 구절을 틀리지 않고 말한 대로 원고지의 칸을 메꾸어 나가는 작업은 보통 일이 아닌 것이다.

그것은 어느 누구보다도 남편 자신이 더 잘 알고 있다. 자기가 직접 자기의 생각한 바를 원고지에 쓰는 것과는 역시 또 다른 어려움이 있다. 그 어려움을 조금도 마다하지 않는 남편에게 난 늘 감사하고 있다.

*삶과 정열

미스터 맥커랠리가 도쿄에 여행 중이어서 오늘 밤의 영어 학습은 휴강으로 끝났다. 1주에 한 번 남편이 낙으로 삼고 있는 밤이다. 영어를 시작한 지 10년, 남편은 하루도 거른 적이 없다. 잠들어 있다가도 아침 NHK 영어방송 시간에는 이어폰을 귀에 꽂고 들으며, 저녁 방송도 빠짐없이 듣는다.

정말 의지가 강한 남자다. 곁에 있는 나는 그동안은 아무 일도 하지 않는다. 그러니까 우리 두 사람의 차이는 뚜렷하다. 카리에스뼈의 만성 염증로 고생하는 나를 햇수로 5년을 기다려 주었던 것도 남편의 그 의지 때문이었을까?

아니면 그리스도에 의한 사랑 때문일까?

"하나님, 저의 적, 저에게 고통을 준 자를 축복해 주시옵소서."

나는 〈기도서〉에 있는 기도문을 읽었다. 아무도 모르는 장소에서, 진심으로 이렇게 기도드리는 사람이 있다면 그 일생은 그 얼마나 축복받을까?

아무도 없는 곳에서 어떤 식으로 살아가느냐가 그 사람의 일생을 좌우한다.

어두운 하늘

*사랑은 손해 보는 것

온종일 어두운 겨울 하늘. 해질녘인가 하고 여겨질 만큼 어둡다.

"사랑은 손해 보는 것. 이용하는 것은 사랑이 아니다."라고 에노모토 목사님의 『신약성서 하루에 한 장』에 쓰여 있다. 단 한마디의 말이라도 가슴을 때려 주는 이런 말을 알게 된 날은 인생을 살아가고 있다는 충실감으로 마음이 충만된다. 이상스런 일이다.

'사랑은 손해 보는 것.'

*풍요로운 인생

남편의 어머님, 즉 시어머님의 3주기다. 스무 살 때에 후쿠시마에서 다키노우에의 개척지로 시집온 시어머님. 한 그루의 나무를 벌목할 때마다 하늘이 넓어졌다면서 환호성을 지르셨다고 한다.

원시림을 잘라내고 겨우 밭을 개간할 때까지의 그

고초만으로도 감당하기 어려웠을 터인데 27, 8세의 젊은 나이로 미망인이 되어 세 명의 아이들을 친척 집에 맡긴 채 가미유이髮結(쪽진머리) 자격을 취득하기 위하여 다키노우에를 홀연히 떠났던 시어머님. 그로부터 10여 년 만에 간신히 부모 자식이 한 지붕 밑에서 살 수 있게 되었다고 생각했더니 장남은 군대에 끌려가고 차남인 미우라(남편)는 신장결핵으로 수술. 그 이후부터 미우라를 간호하는 간병 생활이 여러 해 동안 계속되었다고 한다. 정말 시어머님의 생애는 온통 고생의 연속이었다.

하지만 그런 중에서도 시어머님은 풍요로운 인간이었다. 망부의 신앙을 이어받아 그리스도의 참사랑 속에서 살았기 때문이다. 시어머님은 돈이나 재산을 남기지 못했지만, 신앙이라고 하는 위대한 재산을 자식들에게 남겨 주셨다. 그 신앙이 열매를 맺어 손자와 그 배우자를 합쳐 13명의 그리스도교인이 탄생했다.

막대한 돈과 유산은 남기지만 정신적인 것은 아무것도 남기지 못하는 사람들도 이 세상에는 얼마든지 있다. 새삼스럽게 시어머님의 일생에 대하여 감동한다.

*즐거운 고민

아침부터 눈이 내린다.

혼슈의 독자가 뜻밖에 수기 원고를 또다시 보내왔다.

될 수 있는 대로 빨리 읽어 주었으면 한다는 편지가 들어 있었다. 어떻게든 읽어 보고 싶다.

하지만 두터운 초고 뭉치를 보니 한숨이 절로 나온다. 이 원고를 다 읽을 수 있는 날은 어느 날일까? 여러 해 전부터 보내어 온 원고가 아직도 많이 쌓여 있다. 또 한 사람의 내가 있었으면 한다.

*순간의 작은 행복

외출을 하지 않은 것이 오늘로 10여 일 남짓. 피곤해서 몸의 상태가 고르지 못하다. 아침 10시까지 늦잠을 자고, 세수하고, 성경을 읽고 기도를 드리면 벌써 정오다.

점심 식사 후 바로 잠들어 오후 4시까지 잤다. 아주 깊은 잠이었다. 잠이 깨어 창가에 서니 저녁 하늘에 떠 있는 애드벌룬이 보인다. 하나는 토끼 모양을 하고 있는데 흔들흔들 동쪽에서 서쪽으로 방향을 바꾼다. 밖에 나가 산책을 할 수 없는 나에게 요즈음 좀처럼 보기 드문 한가로운 풍경이다.

하지만 그것도 1, 2분 바라보는 정도, 즉시 받아쓰기로 원고를 써야 한다. 7시까지 15매를 썼다.

*여자의 값

〈베르마만〉 지에 연재 중인 『파란 가시』가 드디어 마지막으로 접어들었다. 히가시가와 중국인 강제 연행 사건에 관해서 다시 한번 조사해야겠다.

12월로 접어들었는데도 따뜻한 날이 계속되었다. 종일토록 간헐적으로 허리가 아팠다. 무엇인가 내부에 종양과 같은 것이 생겨 신경을 압박하고 있는 것 같은 통증이다. 절개해 보고 싶은 그런 통증이었다.

그 절개로 해서 연상되었는지 갑자기 와카나이에 사는 세키 씨의 일이 떠오른다. 세키 씨는 박학한 사람으로 매우 유니크한 인물이기도 하다. 부부 금실이 좋기로 소문난 사람인데, 그들의 약혼 때에 지참금을 결정한 방법이 재미있다. 그해 그는 부인의 몸무게를 물어 그것을 돼지고기의 싯가로 환산하여 지참금을 정했다고 한다. 이것은 그 나름대로 지참금을 내는 관습에 대한 통렬한 풍자이기도 했을 것이다. 어쨌든 이러한 계산으로 지참금의 액수를 정한 사람은 일본이 넓다 하더라도 아마 다시는 없을 것이다.

*빚진 만큼 산다

밤에 볼 일이 있어서 외출했다. 돌아오는 도중에 택시를

타자마자, 나는

"아니, 지갑이 떨어져 있군요."

하고 운전사에게 지갑을 내밀었다.

그것은 녹색 지갑으로 지폐가 많이 들어 있는지 불룩했다.

"아, 그래요? 손님께서는 참 좋으신 분이네요."

운전사가 감탄하며 말했다.

"어째서요?"

"어째서라뇨? 주운 물건을 금방 내놓으셨으니까 그렇죠?"

"하지만, 그거야 당연한 일 아니에요?"

정말로 당연한 일이다. 하지만 운전사의 말에 의하면 시트에 두고 내린 물건을 다음에 탄 사람이 발견해도 운전사에게 건네주는 손님은 많지 않은 듯했다.

이 운전사는 꽤나 순박하여,

"당신은 독신이죠?"

"네에, 그래요. 그걸 어떻게 아셨죠?"

내 말에 그가 이렇게 되물었다.

"그거야, 냄새로 알죠."

나는 농담을 할 작정이었는데 그는 진정으로 받아들여

"아, 그렇습니까? 냄새로 알 수 있다구요, 냄새로요……"

하고 몇 번이고 감탄하는 것이다.

이 운전사가 일생동안 짓궂은 손님이나 강도 따위를 만나지 않도록 기도드리고 싶은 심정이었다.

*크리스마스 축제

밤에 아사히카와 시민들의 크리스마스 축제 행사가 펼쳐졌다. 마침내 〈진본 혀 잘린 참새〉의 공연 실현! 공회당의 정원 8백여 좌석을 거의 다 메우는 성황리에 공연. 게다가 무대 장치나 조명, 배역진의 연기나 음악, 효과 등이 모두 뛰어났다. 연극이 끝나자,

"배우들은 모두 극단 '야마나미'의 사람들인가요?"
할 정도로 감동의 눈물을 흘리면서 물어보던 사람이 있을 정도였다.

*작은 오해

오늘도 미지의 독자들로부터 많은 편지가 도착하여 나를 기쁘게 해주었다. 너무나 감사하다. 다만 그중에서 한 장의 엽서에,

"당신이 남편에게 소중한 사람으로 대우받는 것은 무엇보다도 수입원이 당신에게 있기 때문이라고 생각합니다."
라는, 뒷맛이 석연치 않은 말이 쓰여 있었다.

아무래도 내가 수필 속에 남편의 다정함에 대해 쓴 것을 읽고 마음에 들지 않았던 모양이다. 또 이런 글도 있었다.

"자기 자신을 기준으로 사물을 판단하는 유치함이랄까,

너무 자기 중심성에 화가 치민다."

다른 사람에게는 감동을 주는 이야기지만, 반면에 어떤 사람에게 있어서는 이런 식으로 보일 수도 있는 것일까? 그렇다 하더라도 남편이 나에게 다정스러운 것이 나의 수입원 때문이라면 정말 어처구니 없는 오해이다.

남편이 내 앞에 나타났던 것은 내가 요양 생활을 하기 시작한 지 8년째 되는, 온몸을 깁스한 채 꼼짝도 못하고 침대에 누워서 생활하던 때였다. 식사는 물론 세수도 그리고 용변도 반듯하게 누운 자세로 보지 않으면 안 되었을 그런 때였다.

내 나이는 이미 서른의 몇 해를 지나 있었다. 이러한 언제 완치가 될지 알 수 없는 나에게 남편 미우라는 청혼을 했던 것이다.

"당신이 치료되지 않는다면, 나도 일생 동안 결혼하지 않겠소."

남편은 이렇게 말하고 나서 기다려 주었다. 그 결과 5년째 되던 해에 비로소 결혼할 수가 있었다. 결혼 다음 날부터 남편은 나의 몸에 지압을 해주었다. 이부자리를 개는 일도 자기 일인양 해주었다. 그리고 내가 최초의 소설 『빙점』을 썼던 것은 결혼하고 나서 몇 년 후의 일이었다.

* 미래의 생물과 현재의 인간

저녁때 신조사의 노부오 씨가 내방하였다. 만날 적마다 폭과 깊이가 있는 인간적 아량을 느끼게 해주는 분이다. 식사를 하면서 여러 가지 이야기를 들려주셨다. 이야기가 가끔 UFO에 대한 화제로 돌아가자, 노부오 씨는 말했다.

"미확인 비행 물체에 타고 있는 자와 우리 인간과는 결코 만날 수 없을 겁니다. 왠지 아십니까?"

내가 모른다고 대답했더니,

"UFO는 미래로부터 오고 있는 겁니다. 그렇게 되면 미래의 생물과 현재의 생물인 우리 인간이 만날 수 없는 것은 당연하죠."

그분의 이야기는 모두가 재미있는 것뿐이다. 우리가 바라보고 있는 별의 빛은 과거의 빛이라는 이야기로부터 우주, 영원, 미래, 하나님 등에 걸친 화제가 전개되었다.

유일한 실존자이신 하나님은 바로 시간을 초월한 존재로 과거, 현재, 미래 그 자체라는 것을 새삼스럽게 확인했다.

첫눈

*결혼의 조건

오늘 조카 가즈아키가 결혼했다. 완쾌되지 않은 감기에도 불구하고 무리를 해서 남편과 함께 참석했다. 10년 전에 죽은 아키오 오빠의 얼굴이 떠오른다.

'질주하는 자동차에 치여 비명에 죽은 아키오 오빠, 이제 가즈아키는 대장부다운 늠름한 신랑이 되었군요.'

그때 고등학생이었던 가즈아키가 어떤 마음가짐으로 살아왔는지 알고도 남음이 있다. 진정으로 행복한 가정을 꾸려나가기를 마음속으로 기도했다.

"서로 사랑했기 때문에 결혼한 것이 아니라, 서로 사랑하기 위해서 결혼하는 것입니다."

이런 축사의 대목이 있었다. 정말 옳은 말이다. 결혼은 반드시 뜨거운 사랑에 의하여 이루어진다고 만은 할 수 없다. 외모에 매혹되거나 돈에 마음이 흔들리는 그러한 경박한 동기로 결혼하는 사람도 있는가 하면, 이미 내친 걸음이라서 마음에 없으면서도 결혼하는 사람도 있다.

가즈아키! 결혼한 이상 미련 없이 그리고 온 마음을 다 쏟아 서로 사랑하라. 일생을 마치며, 나는 오직 한 아내만을 사랑해 왔다고 말할 수 있다면 그것은 참으로 위대한 삶이니까 말이다.

축하연이 한참 진행되고 있는데 아사꼬 언니가 기어이 울음을 터뜨렸다. 지난해 이맘 때에는 아직 살아있던 아키오 오빠를 생각하면 울음을 참을 수가 없었으리라. 살아 있었더라면 부부가 함께 참석했을 텐데.

*완전한 인간

잠이 오지 않아서 토머스 캠피스의 『준주성범遵主聖範』을 읽었다. 여러 번 거듭 읽어도 마음에 와닿는 말씀들로 가득 차 있다. 성경 다음으로 많이 읽히고 있는 것도 당연한 일이다.

"다른 사람의 과오나 약점은 그것이 어떤 것이든 간에 참아 주도록 노력하십시오. 당신에게도 다른 사람이 참아 주어야 할 많은 결점이 있기 때문입니다. 만일 당신이 자기 자신을 자기가 생각하는 바 그대로의 인간으로 만들 수 없다면, 어찌 당신은 완전히 자기가 좋아하는 바대로 되기를 다른 사람에게 기대할 수가 있겠습니까? 우리들은 다른 사람이 완전해지기를 바라면서도 자기 자신의 과실은 고치려 하지 않습니다."

확실히 그 말대로다. 다른 사람에게는 완전하기를 요구하면서 자기 자신의 현상을 허용하는 것, 그것은 사실 자신에게는 자기의 결점이 보이지 않기 때문이다. 자기 자신을 잘났다고 생각하고 있기 때문인 것이다.

주위의 다른 사람이 얼마나 자기를 참아 주고 있는가를 생각하는 사람이 있다고 한다면 그는 참으로 놀라운 영혼을 가진 사람이라 할 수 있으리라. 자기 자신의 약점이나 결점을 깨닫는 능력, 그것은 빛을 응시하는 사람들에게만 주어진다. 빛은 모든 것을 밝혀 주기 때문이다.

*언어와 잠의 미학

〈부인공론〉의 『물기 없는 구름』과 소학관 〈아미〉 지의 『아야꼬로부터의 편지』 교정을 보았다. 내가 쓴 것을 다시 읽는다는 것은 고통스러운 일이다. 왜 고통스런 것일까. 거기에는 반드시 교정을 기다리는 문장이 있기 때문이다.

피곤한 나머지 종일토록 잠을 잤다. 자도 자도 졸린다. 완전히 지쳐 있을 때는 주위가 완전히 깜깜하게 보인다. 내가 잠을 자는 형태 중에는 어두컴컴한 구름 속에 있는 듯한 느낌이 드는 때도 있다. 갈색 연기가 떠 있는 속에서 잠들어 있는 듯한 것도 있다. 오늘의 잠은 완전히 깜깜했다.

저녁 때까지 잠, 〈주부의 벗〉 편집장 다카모리 씨와 연재 담당자 야스니시 씨의 내방을 받고 두 분을 응접실에서 맞이했다.

다카모리 씨는 변함 없는 차분한 젠틀맨이다. 조용한 사람은 대개가 실력이 있다. 그래서 두려운 느낌마저 갖게 된다. 그러나 그것은 신뢰할 수 있는 두려움이다.

야스니시 씨는 연재 담당자였지만 초면이었다. 25세라던가. 매월 원고에 대하여 진실과 정성이 깃들인 편지를 보내오는 그 인품 그대로의 첫인상이다. 동경대학에서 서양사를 전공했다고 한다.

어쨌든 편집 담당자가 매회의 원고에 대하여 친절하게 소감을 말해 주는 것만큼 고마운 일은 없다. 편집자의 말 한마디로 작가의 내면에 있는 어떤 것이 창조되어 나오는 경우도 있기 때문이다.

물론 글을 쓰는 일은 타인의 의견을 기대하지 않은 채 쓰는 것이 원칙일 것이다. 어떤 경우에는 자기 자신의 페이스를 무너뜨리지 않는 자세로 하나님 앞에서 전력을 다하여 써나가야 한다. 나는 그것을 잊어서는 안 되겠다.

*감사하는 마음

교회에 나온 것이 몇 달만인가. 올 여름에는 70여 일 동안이나 감기를 앓았고, 한때는 폐렴으로까지 번져 교회에 나올 기력이 없었다.

10월로 들어서자, 또다시 감기에 걸려 올해에는 단풍

구경도 하지 못한 채 가을을 보내게 되겠구나 생각했지만, 오늘은 마침내 로꾸카 언덕에서 가구라 언덕까지 돌아보았다. 흰 구름을 두른 대운산과 10승 연봉의 아름다움, 말로 형언할 길이 없다.

밤에 화장실에 갔던 남편이 방으로 돌아와서 말했다.

"아야꼬, 수도는 정말 고마운 거야. 꼭지를 틀기만 하면 물이 쏟아져 나오니까 말야."

남편은 수도꼭지를 틀 때마다 언제나 그런 생각을 하는 듯하다. 그리고 하나님께 감사를 드리는 것이다. 개척 농가에서 자라난 남편은 소년 시절에 멀리 떨어져 있는 강까지 물을 길러 다녔다고 한다. 그런 것을 생각하면 수도의 고마움이 절실할 것이다.

또 남편은 목욕을 할 때 하나님께 감사드린다고 한다.

10년 전에 이 집을 짓고서 비로소 우리들은 대중목욕탕에 가지 않아도 되게 되었다.

"아야꼬, 당신은 목욕할 적마다 감사드리고 있소?"

"아뇨, 감사드리지 않고 있어요."

이런 질문을 받을 때마다 나는 몸을 움츠리게 된다. 집이 한 채 주어졌다는 똑같은 체험을 하면서도 남편은 날마다 감사하고 있는데, 나는 가끔씩 밖에 감사드리지 못한다.

똑같은 운명에 직면해 있으면서 한 사람은 기뻐하고, 다른 한 사람은 당연한 얼굴을 한다. 자기 자신의 인생을 풍요롭게 만드는 것도, 그리고 빈약하게 하는 것도 모두 그 사람의 마음가짐에 달려 있는 것이다.

*고독한 자의 언어

첫눈!

눈보라가 세차게 불어왔다. 낮에는 싸라기눈과 진눈깨비가 섞여 내렸지만, 밤이 되자 마침내 눈보라로 변했다.

아사히카와에서 태어나 그곳에서 자란 나는 수십 년 동안 매년 첫눈을 보아왔다. 하지만 몇 번을 맞이해 보아도 눈을 맞는 감정은 복잡하다.

봄에 벚꽃을 구경하는 감정과는 전혀 다르다. '세월은 매년 똑같이 돌아오건만, 사람은 같지 않다.'고 하는 그러한 감개가 아니다. 반년이나 되는 기나긴 겨울에 대한 긴박한 감정, 바로 이것이다.

젊었을 때는 뺨을 에이는 듯한 추위를 나는 무척 좋아했다. 그러한 추위를 상처 속으로 스며드는 요오드 팅크의 쓰라림에 비교한 적도 있었다.

긴긴 겨울밤에 홀로 앉아 조용히 독서하는 즐거움, 첫눈을 발로 차며 미끄러지는 스키의 상쾌한 즐거움, 그것은 전혀 이질적인 즐거움이면서도 두 가지 모두 빼놓을 수 없는 한겨울의 즐거움이다.

그러한 즐거움에 대한 기억은 뚜렷이 내 가슴속에 새겨져 있고, 눈 내리는 밤에 맛보는 독서의 즐거움은 지금도 여전하다.

그러나 첫눈을 보면, 요즈음의 나는 어쩐지 쓸쓸한 느낌에 빠져든다. 하지만 그 쓸쓸함을 따지지는 말자. 어떻게 생각하든 혹심한 추운 겨울은 어김없이 찾아오는 것이다. 정면으로 명랑하게 강하게 겨울을 맞이하자.

*나는 그의 분신일 따름이다

어젯밤 화장실에 가려고 일어나 보니, 남편의 손이 내 침대에 뻗어와 있었다. 그 손을 보니 그만 가슴이 뜨거워졌다. 이미 여러 해 동안 남편은 이렇게 잠들어 있으면서도 내 몸의 아픈 곳에 손을 대어 주고 있는 것이다.

남편의 손은 효험이 좋아 나의 통증을 삭혀 주지만, 이렇게 하룻밤 내내 손을 뻗쳐 주고 있는 모습을 보면 황송하고 고맙고, 그리고 좀 우스꽝스러운 이야기지만 거룩하기까지 하다.

이 세상에 이만큼 자상한 남편이 또 있을까? 훌륭한 남편을 보내주신 데 대해 몇 번이고 하나님께 감사드린다.

꿈

*살아 있는 자의 욕망

또 어머니 꿈을 꾸었다. 잠에서 깨자 멍하니 한동안 그냥 자리에 앉아 있었다. 꿈속에서 어머니와 내가 이야기를 나누고 있었는데, 갑자기 어머니의 몸이 허공으로 떠올랐다. 5cm, 10cm, 30cm, 1m…… 조용히 하늘로 올라가시는 어머니, 매우 온화하고 조용한 얼굴.

그때 어머니는 아무 말도 없으셨다. 나 역시 아무런 말도 할 수 없었다. 푸른 하늘 속으로, 서 있는 그대로의 모습으로 어머니는 곧장 올라가셨다.

어쩐지 안심이 된 듯 홀가분한 기분이다. 어머니가 돌아가신 지 4년이나 되는데도 꿈속에서 자주 뵙게 된다. 10여 년 전에 돌아가신 아버지와 수년 전에 죽은 오빠 아키오까지 어머니와 함께 꿈에 나타난다.

너무 자주 꿈을 꾸니까, 어머니는 오늘과 같은 모습을 보여 주신 것일까? 그렇지 않으면 죽음을 인정하려 하지 않는 교만이 있기 때문일까?

기쁨과 슬픔도, 삶도 죽음도 모두 하나님이 내려주신 것,

나는 삼가 그것을 받아들이려는 자세가 부족한지도 모른다.

하루의 일이 순조롭게 되어 나갔다. 〈부인공론〉 지에 연재하고 있는 『물기 없는 구름』의 이 달분 30매를 다 썼다. 언제나처럼 남편이 내가 부르는 대로 받아 썼다.

*잠 못 이루는 이들을 위하여

오늘 새벽 3시까지 잠을 못 이루다가 결국 아침 10시에 자리에서 일어났다. 허둥지둥 성경을 읽고, 기도 시간도 제대로 끝내지 못한다. 만일 내가 잠을 잘 수만 있다면 보다 나은 하루를 보낼 수 있을 텐데.

잠을 잘 이룰 수 있는 사람이야말로 참으로 위대한 사람이라고 여겨진다. 베개를 베고 눕기만 하면 금방 잠드는 남편 같은 사람은 인생을 훨씬 앞질러 가는 초인간超人間이라는 생각이 든다.

그러나 사람들이 모두 잠든 고요 속에 혼자 조용히 책을 읽는 시간은 비길 데 없는 즐거움이다. 잠 못 이루는 밤을 괴로워하지 않고 즐길 수 있으니, 늦잠을 잔다 해도 자업자득이라고 체념하는 수밖에 없다.

소학관 〈아미〉 지의 교정지가 도착했다.

* 혈육의 아픔

언니가 우리 집에 온 지 1주일, 상당히 혈색이 좋아졌다. 구토 때문에 식사를 못 하고, 혓바늘이 돋아서 물밖에 넘기지 못하며, 위가 쓰리고 심장이 아프다는 전화를 받고 곧장 우리 집으로 불렀다. 비파차를 달여 주었더니 목이 시원하다고 했다. 달인 비파잎을 혀에 붙이면 혀의 통증도 걷히게 된다. 현미 수프를 먹더니 위의 통증도 덜해졌다고 기뻐한다.

"이상하다 얘, 정말 신통해."

이렇게 기뻐하는 언니의 얼굴을 보니 나 역시 기쁜 마음 금할 길 없다. 언니는 식욕이 생겼다고 한다. 현미 수프의 효과가 즉시 나타난 모양이다. 약의 남용은 결국 위나 간장을 나빠지게 하는 경우도 있다.

현대 의학에는 너무나도 많은 의문점이 있다. 세균성 감기는 현대 의학으로 현저히 감소되었을지도 모른다. 또한 어떤 종류의 질병에는 수술도 크나큰 공헌을 하고 있다. 그러나 의원병이라는 이상한 신경성과 같은 병이 생긴 것도 사실이다.

지난 해에는 도시오 오빠가 죽었다. 그렇게도 건강하고 체격이 좋던 오빠가 말이다. 죽지 않아도 되는데 죽은 듯한 느낌이 든다. 수술을 하지 않았으면 좋았을 것을 하는 생각을 떨쳐 버릴 수가 없다.

우리 언니까지 죽으면 어쩌나 하는 불길한 생각이 나를

엄습하여, 언니에게 꽤나 엄격한 식이 요법을 강요했다.
그런데 그 효과가 너무나 현저하게 나타나 기뻐서 어쩔 줄 모르겠다.

"언니, 죽으면 안 돼. 흰 설탕을 먹으면 안 돼요. 흰 쌀밥만 먹어서도 안 돼요. 어릴 적부터 둘도 없는 말동무였던 언니, 절대로 나보다 먼저 죽어서는 안 돼요."

*** 소중한 삶**

저녁 식사를 한 뒤 피로한 나머지 소파에 누워 있으려니까, 남편이 노래를 불러 줄까 하고 말했다.

"어머, 좋아요. 사울 왕은 다윗의 거문고 소리를 듣고 병을 고쳤다고 하잖아요."

이렇게 말하며, 나는 일어나서 가라오케를 준비했다.

결혼한 지 34년, 남편의 자상함은 조금도 변함이 없다. 아니 더욱 깊어지기만 한다. '국경의 밤' '엉겅퀴의 노래' '고원의 여수' 그리고 찬송가 등등…… 남편은 차례로 노래를 불러 주었다.

남편의 노래는 왠지 내 가슴을 파고드는 듯 듣고 있노라면 눈물이 저절로 흐른다. 아무리 들어도 싫증이 나지 않는다. 노래를 들으면서 나는 문득 오늘 밤이 언젠가는 서글픈 추억이 되지 않을까 하고 생각했다.

두 사람이 함께 죽는다면 괜찮겠지만, 어느 한쪽이 먼저 죽는 것은 확실하다. 연상의 내가 먼저 죽든지, 아니면 나보다 두 살이나 젊은 남편이 먼저 죽을지, 그것은 아무도 모르는 일이다.

그런데, 어쨌든 남겨진 사람에게는 즐거웠던 추억조차도 눈물의 씨앗이 된다. 둘이서 가졌던 즐거운 시간이 많으면 많을수록 헤어진 다음의 시간을 참아 나가기 어려울 게 뻔하다. 그런 생각을 하며 나는 남편의 노래를 들었다.

이것은 나의 나쁜 버릇이다. 나는 매일같이 사별死別의 위기를 느낀다. 내년 이맘때도 우리 두 사람은 모두 살아 있을까, 지금 마주 보는 남편의 모습이 최후가 되는 것은 아닐까, 이런 생각을 하지 않는 날이 하루도 없다.

하지만, 상대방이나 내가 역시 죽을 존재라는 것을 확고하게 자기 자신에게 인식시켜 두지 않으면, 진정한 의미로써 인생을 살아나갈 수 없을 것 같은 느낌이 든다.

얼마 전 언니에게,

"나는 언제나 최악의 경우를 상상하며 살아가고 있어."

라고 말했더니,

"소노 아야꼬曽野綾子 씨가 그랬던가, 지금 너와 똑같은 얘기를 썼더구나."

하고 언니가 대답했다.

최악의 경우를 생각하고 있다고 말했지만, 그러나 생각해 보면 죽음이 최악의 경우는 아니다. 나에게 있어서 최악이라는 것은 신앙을 상실하는 일이다.

신앙을 잃어버렸을 때에는 영원한 생명도 부활도 없다.

죽음은 최후의 것이요, 진짜 암흑이다. 그러나 죽음이 여전히 우리들에게 있어서 하나의 희망일 수 있는 것은 신앙에 의해서이다.

남편의 노래를 들으면서 나는 새삼스레 나 자신에게 그렇게 말해 주었다.

몸이 이상스럽게 피곤해진다. 어딘가 병이 도진 듯한 불길한 피로감이다.

밤 11시경에 현관의 초인종이 울렸다. 인터폰으로 응답하자 남자의 목소리가 들려 왔다. 내가 알지 못하는 사람이다. 남편이 현관에 나갔다가 그와 함께 집안에 들어와서는 50분가량 얘기를 나누었다. 나는 너무 피로한 나머지 만나지 않고 그냥 이층에서 쉬었다.

*불확실성의 시대

이른 아침에 다시 현관의 초인종이 요란하게 울렸다. 어젯밤 그 사람인가 하고 남편이 일어나 밖으로 나갔다. 그는 오후에도 세 번 찾아왔다. 병들어 있는 모양이었다. 무슨 병으로 앓고 있는지 애처롭다. 하여간 남의 곤혹스러움을 모른다는 것도 병적이다. 그렇다면 이 세상에는 정상적이라고 생각하고 있지만, 사실은 병들어 있는 사람이 많다는 것일까? 공해의 유출, 폭주족, 살인 도구를 만드는 기업, 핵무기를 연구하는 학자들, 전쟁

불가피론을 만들어내는 사람들 등등, 생각해 보면 헤아릴 수가 없을 만큼 많다.

정말로 이 시대는 불확실하고 병든 시대인가?

* 어둠은 빛이다

밤에 남편의 형님으로부터 전화가 걸려왔다. 네무로에서 거는 거라고 했다.

무슨 일이냐고 긴장하는 나에게,

"재미있는 꿈을 꾸었다는구료."

하는 남편의 대답, 꿈 얘기는 이러했다.

길에서 맹인 한 사람을 만났다. 맹인은 두 눈을 잃어서 아무것도 보이지 않는다고 말했다. 시아주버님은 그를 동정하여 이쪽도 60이 넘어 어차피 여생도 얼마 남지 않은 인생이니까, 한쪽 눈을 빼어 주겠다고 나섰단다. 그래서 두 사람이 함께 병원에 가서 나란히 수술대에 누웠다. 그런데 의사가 잘못해서 시아주버님의 두 눈을 모두 빼냈다는 것이다.

의사의 실수로 두 눈을 얻은 장님은

"보인다! 보여!"

하며 기뻐했다.

시아주버님은 한쪽 눈인 줄만 생각하고 있었는데 두 눈을 모두 빼앗겨서 곤란하다고 생각했지만, 지금 와서 항의를 할 수도 없는 일이었다. 너무나 캄캄해서 슬며시 눈을 떴더니 산이 보이고, 사람이 보이고 나무가 보이는 것이었다. 초점이 맞지 않은 사진처럼 희미하기는 하지만, 여하튼 보이기는 보였다. 이 정도라면 두 눈이 없어도 어떻게 해나갈 수 있겠구나 하고 안심하면서,

"눈이란 두 쪽 모두 빼내도 보이는 것이었구나!"

하고 감탄했단다.

시아주버님은 거기서 잠을 깬 모양인데, 두 눈이 모두 없어도 보인다는 발상은 꿈이 아니면 떠오르지 않는 발상이다. 어쨌든 친절 제일주의의 시아주버님이 아니면 꿀 수 없는 꿈이라고 크게 감탄했다.

꿈에서는 자기 소리가 나온다. 나는 남성을 한 20여 명 가량을 주욱 일렬로 세워 놓고 큰 소리로 설교하고 있는 꿈을 꾼 적이 있다. 이러한 하찮은 전화라 할지라도 인간에게 있어서 때로는 필요한 것일지도 모른다.

*진실한 우정

아베 여사가 두창으로 혹카이도 대학병원에 입원했다고 삿포로의 구로에 씨로부터 전화가 걸려왔다. 바로 얼마 전에 자상한 장문의 편지를 보내준 아베 여사였었는데…… 늘 약국 경영에 바쁜 그녀가 별일 다 있다고 생각했지만, 설마하니 입원까지 할 줄은 미처 생각조차 못 했었다.

재작년 5월에 나는 왼쪽 눈에 물집 같은 악성 염증이 생겨서 많은 고생을 했었다. 그해 내 눈꺼풀은 계란 크기만큼 부어오르고, 코는 찌부러지고, 볼은 비누 거품처럼 부풀어 볼상 사나운 몰골이었다. 눈알을 뽑아내는 듯한 강렬한 통증, 콧속, 입속, 귓속 모든 곳이 부었었다.

2년 후인 지금도 그 강렬했던 통증이 남아 있다. 시력은 떨어지고, 왼쪽 콧구멍은 이전의 절반 정도로 작아졌다.

지금 아베 여사의 상태는 어떨까? 생각만 해도 몸서리쳐진다. 그녀와는 열 살이 되었을까 말까 했을 때부터의 오랜 친구다. 자전거를 빌려주거나 책을 빌려주던가, 그토록 상냥했던 소녀는 몇십 년이 지난 지금도 한결같이 상냥스럽다. 가까운 친구란 황금이나 보석보다도 더 귀중한 존재다. 아베의 아픔이 오래 남지 않도록 몇 번씩이나 기도를 드린다.

*죽음의 의무

일어설 때 엷은 현기증을 세 번 느꼈다. 몸이 약해진 것을 절실하게 느낀다.

『3분 묵상』이란 책을 읽는다. 그 가운데,

"죽음은 최후의 의무이므로, 그것도 충실히 다하지 않으면 안 된다."

고 쓰여 있었다.

옳은 말이라고 생각한다. 아무리 건강한 사람일지라도, 아무리 유복한 사람일지라도, 아무리 머리가 좋은 사람일지라도, 아무리 행복한 사람일지라도 사람은 모두 죽는다. 그 죽음은 인간에게 있어서 그야말로 최후의 의무인 것이다.

나이 80이 되고, 90이 되어 이 세상에 충분히 공적을 남겨 놓았다고 해서,

"이제 더이상 아무것도 할 일이 없다."

고 할 사람은 아무도 없다. 또 하나의 죽는다는 영광의 작업이 기다리고 있는 것이다.

"믿음과 희망과 사랑을 갖고 자신을 영원히 하나님 손에 맡기는 그 순간."

그것이 죽음이라 한다. 절망 속에서 죽는 것이 아니다. 하나님의 품 안에서 편히 쉰다는 희망 속에 죽는 신앙, 이 '죽음'을 성취한다는 '작업'이 기다리고 있는 것이다.

빙상氷像

*눈의 형이상학

벌써 2월이다. 내리는 눈 모양까지 한겨울을 연상시킨다. 끊임없이 쌓이는 눈, 소리도 없이 내리는 하얀 눈. 이러한 눈 속에 파묻히게 되면 사람은 대개 철학적인 존재로 변모하게 되는 것일까?

개척開拓 백 년의 홋카이도에는 형이상학形而上學이 존재하지 않는다고 말한 사람이 있었다. 그러나 나는 생각해 본다. 반년이나 눈 속에 갇혀 있으면서 철학이나 종교에 무연할 수가 없다고. 앞으로 몇백 년 안에 홋카이도에는 이 고장 나름대로의 형이상학이 생겨날 것이다.

오늘도 많은 편지를 받았다. 모두에게 감사한다.

*남편의 마음

결혼하자, 즉시 남편이 저금통장을 건네주던 일이

생각난다. 당시 공무원이던 미우라의 월급은 2만 엔이 채 안 되었지만 통장에는 18만 엔이나 들어 있었다.

"결혼 초에는 이것저것 돈이 많이 들고, 특히 당신은 몸이 약하니까, 먹는 것에 충분히 지출하는 게 좋을 거야."

남편은 그렇게 말하면서 통장을 건네 주었던 것이다. 나는 고맙게 통장을 맡았는데, 다음 달까지 한 달 동안 무려 15만 엔이나 써버렸던 것이다. 지금 돈으로 환산하면 적어도 150만 엔을 써버린 것이 된다.

그것은 누가 뭐라고 해도 낭비였다. 나는 쥐구멍에라도 들어가고 싶은 심정으로 미우라에게 사과했다. 그러나 남편은

"그렇게 많은 돈이 있었나? 놀랐는걸."

언제나처럼 부드러운 말투였다. 두고두고 좋은 사람이라고 생각한다.

*** 요즈음의 젊은이들**

M군이 대학 기숙사를 나와 맨션에서 자취 생활을 한다. 혼자만의 거처를 정하고, 텔레비전과 냉장고를 사 놓고 스테레오까지 갖추고 학생 생활을 즐기는 것이 요즘 학생들의 유행인 모양이다. 그러나 그 때문에 기숙사 생활비의 4배, 5배가 드나 보다.

아르바이트를 하기도 보통 일이 아닐 것이다. 특히 M군의

경우는 어머니가 나약한 몸으로 온갖 어려움을 참아가며 학자금을 벌고 있다. 남의 일이긴 하지만 걱정이 된다. 그렇게까지 하며 유행을 따르게 하는 것이 부모의 사랑일까? 그보다는 자식에게 역경과 가난을 인내하게 만드는 것이 부모의 참된 사랑이 아닐까?

자식이 없는 나는 자꾸만 냉정하게 비판하고 싶어진다.

* 여자의 마음

F여사의 남편이 별세했다. 바로 얼마 전에 F여사는 남편과 헤어지고 싶다고 나에게 고백했던 것이다. 그런데 그 주인공이 죽은 것이다. F여사의 심중을 헤아릴 순 없지만 눈은 빨갛게 충혈된 채 울고 있었다. 복잡한 감정에 뒤얽혀 장례식에서 돌아왔다.

* 행복한 부부의 모습

일요일, 맑은 날씨. 두 사람이 함께 교회 예배에 참석했다. 어젯밤은 잘 잤기 때문에 오랜만에 지각을 하지 않았다. 설교는 '우정의 악수'라는 주제로 『신약성서』 '갈라디아서' 2장 6절부터 10절까지가 인용 귀절이었다.

설교 가운데에서 시가 목사님은 이런 말씀을 하셨다.

"우리들은 나이나 용모, 복장, 머리 형태 등으로 실로 간단하게 인간을 분류해 버립니다. 주택, 배경, 지위, 학력 등도 마찬가지입니다. 10명만 모여도 반드시 분류해 버리는 것이 우리들 인간입니다."

그렇다. 서로 어울리는 것을 거부하려는 마음을 우선 극복하지 않으면 안 된다.

'하나님, 높은 사랑을 베풀어 주소서.'

앞에서 두 번째, 언제나 앉는 그 좌석에 오늘은 시부타니 선생의 모습이 보이지 않았다. 시부타니 선생은 내일이면 만 99세가 되신다. 우리 나이로 말하면 1백 세다. 축하의 말씀을 드리려고 했는데, 그만 뵙지 못해서 아드님 되는 분에게 대신 축의금을 드렸다. 내년에는 만 백 세의 축하를 꼭 드리고 싶다.

예배가 끝난 뒤에 모밀국수를 먹기 위해 마루가스 백화점으로 향했다. 도중 잠시 공원에 만들어 세워진 빙상氷像을 구경하러 갔다. 푸른 하늘 아래 반짝반짝 빛나는 여러 형체의 빙상은 바로 북극이 아니면 볼 수 없는 아름다운 풍물이다. 어느 것이나 모두 훌륭한 눈과 얼음의 조각품이다. 곧 시흥을 느끼고 한 수 읊었다.

함께 걷는 거리에
빙상 나란히 줄 서 있고
오후 햇살의 밝고 추움이여

문득 뒤를 돌아다보니 조금 전 교회에서 헤어진 구로다 선생님 내외분이 인파 속에서 빙상을 구경하며 한가롭게 걷고 있었다. 두 분 모두 형언할 수 없는 행복스런 표정에 우리 두 사람의 마음까지 흐뭇해진다.

내가 삿포로 의과대학에 입원하고 있을 때 주치의이셨던 것이 어언 30년 전. 조교수 시절도, 아사히카와 의과대학 학장이신 현재도 이상하리만큼 변한 데가 없으시다.

*삶의 낮은 목소리

밤늦게 도쿄에 있는 남동생에게 전화를 걸었다.

"며칠 전에 뉴재팬 호텔이 불탔다면서? 너희 호텔은 괜찮니?"

"별일 없습니다. 오늘 밤 형이 와서 묵고 있어요. 역시 도쿄에서 형제끼리 만나는 일은 눈물이 난다구요."

동생의 다정한 목소리에 나도 눈물이 났다.

*죽음은 생보다 행복한 선택인가?

홋카이도 신문의 칼럼난에 '미혼 숲'에서 자살한 여성의 신원이 밝혀졌다고 쓰여 있었다. 유서에는

"수고를 끼쳐 드려 미안합니다. 그동안 저는 암으로

고생해 왔습니다."

라고 썼는데, 나라奈良에 사는 사람으로 56세라고 한다. 애처로운 얘기다. 북극의 눈 내린 숲속에서 자신의 목숨을 끊은 사람의 심정을 생각해 본다. '미혼 숲'을 죽음의 장소로 택한 것은 나의 소설 『빙점』과 관계가 있는 걸까. 아닐까?

『빙점』의 요오코는 '미혼 숲'의 개울가에서 자살을 기도했지만 결국 살아났다. 그러나 이 여자는 불행하게도 죽음을 택했다. 가슴이 조여드는 듯 아프다.

*남편의 무게

오늘도 남편은 잠자기 전에 내 머리를 맛사지해 주었다. 그리고 동백기름을 발라주었다. 흰 머리카락이 늘어가는 늙은 아내의 머리에 동백기름을 발라 주는 남편이여, 어질고 상냥스런 그 마음이여, 그저 감사할 따름이다.

*삶의 낙서

올겨울은 예년보다 추위가 심한 것 같지 않다고 생각해 왔는데, 돌이켜 생각해 보니 금년 들어 거의 외출을 하지 못했다. 몸이 불편해서 외출을 할 수가 없었던 것이다. 외출하지 않으면 추위를 느끼지 못하는 것은 당연한 이치.

그것을 깨닫고는 나 혼자 피식 웃고 말았다.

하긴 집안에만 있으면 전혀 추위를 느끼지 않으니 고마운 세상이다. 내가 태어나서 결혼하기까지의 37년 동안은 한 겹 창으로 된 추운 집에서 살았었다. 아침에 잠이 깨면 이불깃이 빳빳하게 얼어 있었고, 화장실의 벽은 냉동실마냥 온통 두꺼운 서리로 덮여 있었다. 그 서리에 글자나 그림을 쓰고 그리면서 용변을 보았었다. 부엌에 둔 찌개나 생선 절임이 얼어붙고, 헛간에 둔 야채 절임 등은 도끼로 얼음을 깨듯 부수고 꺼내곤 했다. 바깥의 추위는 지금도 예나 다를 것이 없겠지만 집안은 이중창, 단열재, 난방의 발달 등으로 엄청나게 따뜻해졌다.

"당신도 서리 낀 화장실 벽에 낙서를 해본 적 있어요?"

남편에게 물으니까,

"바깥이나 집안이나 마찬가지여서 서리가 생길 정도로 따뜻하지 않았지."

하고 대답하는 것이었다. 세상살이란 그 위에 또 위가 있는 법이다.

*주고받는 마음

밤에 나른한 기분으로 텔레비전을 보았다. 텔레비전을 보는 것은 일할 의욕이 나지 않는 때다. 드라마를 보고 있으면 마구 입맞춤을 하는데 그만 질려 버린다. 키스도

일종의 예술인가? 싫고 좋고가 없이 부부역이니까, 연인역이니까 그래서 키스를 시키는 것은 아무래도 납득이 가지 않는다.

옛날 영화에서는 키스 장면 따위는 없었던 것 같다. 마주 앉은 두 남녀의 발에서 허리까지가 비치는 것만으로도 두 사람이 키스하고 있다는 것을 상상했던 것이다. 그편이 보는 이의 상상력을 자극해서 오히려 더 정서적이었던 것 같다. 탐욕스럽게 연출하는 자극적인 키스 장면을 보고 있노라면 그만했으면 좋겠다는 느낌이 든다.

겨울비

* 지도자의 상像

늘 존경하는 우치사와 선생님이 뜻밖에 찾아 주셨다. 대화 중 레닌에 관한 말이 나왔다.

"진정한 지도자는 대중 앞을 지나쳐도 안 되고 대중의 뒤를 따라가도 안 됩니다. 또 대중과 함께 걸어서도 안 되지요. 그러므로 지도자는 언제나 고독한 존재입니다."

그리스도가 만일 자기 앞에 나타난다면 무릎을 꿇겠노라고 서슴없이 말했다는 레닌의 마음을 헤아릴 수 있을 것 같았다.

* 고귀한 희생

흐린 후 비.

2월에 내리는 비는 보기 드물다. 오늘은 시오가리 고개에서 최후를 마친 나가노 씨의 기일忌日이다.

나가노 씨가 죽은 지 70년이 지났는데도 그분은 아직도 전도傳道를 계속하고 있다. 나가노 씨를 모델로 한 소설 『시오가리 고개』는 13개 나라의 말로 번역 널리 보급되고 있다.

스스로 몸을 철로 위에 버려 수많은 승객의 목숨을 구한 그분의 희생적인 최후를 다시금 생각해 본다. 대단한 신앙을 가지신 분이었다.

'악행은 비석에, 선행은 물에 쓰여지는 것이 이 세상의 관습'이라고 셰익스피어는 말했지만, 마음에 깊이 남는 선행도 있다.

*사랑, 그 영원성

저녁 식사를 마친 후 남편은 테이블에 엎드려 한 시간 반 가량을 자는 듯했다. 어디에서도 금방 잠들 수 있는 남편은 이 방면에 있어서 일종의 명인名人이다. 비행기에 올라 좌석에 앉자마자 잠에 빠지는 남편이 부럽다.

생명에 대해 유별나게 애착심이 강한 나는 비행기를 탈 때마다 혹시 추락하지나 않을까 하고 노심초사한 나머지 신경이 곤두서서 잠잘 염두도 못 낸다.

그게 언제 일이었던가? 하네다 공항에서 비행기를 탄 남편은 자리에 앉자 곧 잠이 들었다. 그런데 출발이 약간 늦어져서 비행기가 움직이기 시작했을 때 남편은 눈을 뜨며

"벌써 지도세에 도착했오?"

하고 물은 적이 있었다. 초연한 듯한 무신경이 장하다고 생각한다.

그렇긴 하지만 테이블에 엎드려 자고 있는 모습을 보면 얼마나 고단했기에 저럴까 싶어 마음에 걸린다. 아침 일찍부터 편지를 정리하고 자료 수집, 원고 받아쓰기, 영어 공부 등등 하루종일 쉴 사이 없이 일을 하고 있는 남편이었다.

남편 미우라가 말하기를,

"때로 인간은 눈앞에 새로운 것이 보이면 그것을 진보라고 착각한단 말이오."

그래서 내가 말했다.

"그것참 정말 좋은 말인데요. 노트에 메모해 놓으세요."

남편은 웃으면서 아무 대꾸도 하지 않았다. 사실 인간은 묘한 것을 진보라고 착각한다. 대량 학살의 무기를 만드는 것조차 진보라고 잘못 생각한다.

전쟁의 가장 진보된 모습은 싸우지 않는 것이다. 인간끼리 무기로 서로를 죽이지 않고 대화에 의해 통로를 만드는 일이다. 그것이 전쟁의 가장 진보된 모습이다.

오늘은 그리스도 교회에 있어서의 세계 기도일이다. 세계 속의 그리스도 신자들은 진지한 태도로 마음을 합쳐 기도해야 할 일이 너무나 많다. 인간의 죄에 대해서, 그 죄의 최대 결과인 전쟁에 대해서, 진심으로 하나님을 숭배하는 일에 대해서 기도해야 할 일이 많이 있다. 1년에 한 번 이 기도의 날뿐만 아니고, 매일매일이 세계 기도일이 되지 않으면 안 된다.

*삶의 두 점은 직선이다

오늘은 다카라다 학원의 졸업식 날이다. 이 졸업식에서 짧은 강연을 하기로 약속이 되어 있었다. 그러나 열이 높아서 참석지 못했다. 다카라다 교장은 여학교 시절부터의 친구로 내가 몸이 약한 것을 잘 알고 있으므로 용서해 주리라고 생각은 하지만, 너무나 내 자신이 민망스럽다.

다카라다 학원의 학생들은 요즈음 고교생답지 않게 순진하고 예의 바른 아이들이 많다. 어떻게든 달려가고 싶었다. 내일도 강연 약속이 되어 있지만, 오늘과 같은 상태로는 내일도 아마 나가지 못할 것 같다.

자리에 누워 학원 졸업생들을 위해 기도한다. 문득 죽은 도시오 오빠의 말이 생각났다. 도시오 오빠는 아사히카와 중학을 졸업할 때 많은 내빈들의 축사 가운데서 가장 마음에 남는다는 말을 나에게 들려주었는데, 그 내빈은

"두 점의 최단 거리는 직선입니다."

라는 짧은 말만 하고 연단을 내려갔다고 했다. 그 당시 초등학교 학생이었던 나도 꽤나 재치가 있는 축사라고 공감했었다. 졸업 시즌마다 생각나는 말이다. 도시오 오빠의 생활 방식은 그 최단 거리를 산 삶이었다고, 오빠의 64년 동안의 생을 생각한다.

*사랑의 본질

따뜻한 햇살.
난방을 꺼도 될 듯 싶은 햇살
난로불 꺼진 따뜻한 오후의 햇살이어라

미우라의 젊은 날의 하이쿠俳句(일본의 5. 7. 5조의 3구 17음으로 된 단형시)를 생각한다.

오후에 남편이 신문 오린 것을 나에게 보이며,

"보여 주고 싶어서……"

그래서 보니까 흰 목련꽃을 그린, 뭐라고 형언할 수 없는 차분한 그림이었다. 빛깔은 채색되지 않았으나 생기에 넘치는 망울이나 부드러운 꽃잎이 봄을 느끼게 해 준다.

손에 들고 보는 동안 나 자신도 모르게 눈물이 흐른다. 자신이 아름답다고 생각한 것을 아내인 나에게 보여 주는 언제나 변함 없는 그의 배려에 눈물이 나오는 것이다. 부부가 함께 공감하려 하는 것은 얼마나 귀중한 진실인가? 여성에게 있어서 이러한 남편의 마음은 입맞춤보다도, 포옹보다도 훨씬 더 기쁜 일인 것이다.

*삶 속에 투영되는 만남

도대체 어떻게 된 일일까? 시부타나 씨를 업고 걸어가고 있는 꿈을 꾸었다.

'돌아가신 아버지 대신이야.'

이렇게 생각하며 나는 꿈속에서 시부타니 씨를 업고 있었다. 시부타니 씨는 안녕하실까? 요즈음 감기 때문에 교회에 나가지 못하므로 만나 뵐 수도 없다. 내년에는 만 백 세가 되는 시부타니 씨, 내내 건강하시기 바랍니다.

*삶의 부조리

『악마의 포식』을 쓴 모리무라 세이치 씨를 위해 기도드린다. 『악마의 포식』은 그 얼마나 강렬한 인간 고발의 용기 있는 책일까. 모리무라 씨는 정말 훌륭한 작가라고 생각한다. 이 책이 모든 사람들에게 올바른 이해를 갖고 읽혀지기를 바라는 마음 간절하다.

왜 그런지 오늘 아침 남편의 기도祈禱 말이 마음속 깊이 스며들었다.

"하룻밤을 무사하게, 어떠한 사고도 없이 당황해야 할 일도 겪지 않고 눈을 뜨게 해주신 것을 감사드립니다."

생각해 보면 사실이 그렇다. 누군가가 위독하다는 전화도 걸려 오지 않았고, 이웃에 불도 나지 않았고, 친척이나 아는 사람에게 교통사고도 없었고, 우리 자신의 몸에도 아무런 변화도 일어나지 않았다.

그것은 참으로 고마운 일이다. 전쟁 중 잠옷을 갈아입지 못하고 잠자던 일이 생각났다. 매일 라디오를 켜 놓고는 언제, 어느 때 발령될지도 모르는 경계경보나 공습경보에 대응할 수 있도록 옷을 입고 잠을 잤던 것이다. 무사하다는 것, 평화롭다는 것, 그것은 얼마나 고마운 일인가?

오늘도 감기는 낫지 않았다.

해가 지고 난 뒤에 몰려오는 깊은 바다 빛깔 같은 것. 어쩌면 그렇게 신비로운 푸르름일까? 그것을 느끼지 못하고 있던 나에게 남편이 말했다.

"아야꼬, 창을 좀 봐요."

얼마 동안을 우리 두 사람은 아무 말없이 그 하늘의 변모하는 빛깔을 바라보고 있었다. 조용하고 그리고 부드러운 마음으로.

*죽음의 이유

에노모토 목사님이 쓴 책에 다음과 같은 말이 있다.

"당신에게는 죽는 이유가 있을지 모르지만, 하나님께 있어서는 당신이 죽어야 할 이유가 없다."

너무 지당한 말이라고 생각한다. 암에 걸리면 죽고 싶어진다. 실연하면 죽고 싶어진다. 남편에게 다른 여자가 생기면 죽고 싶어진다. 사랑하는 사람이 죽으면 죽고 싶어진다. 시험에 떨어지면 죽고 싶어진다. 죽고 싶은 이유는 여러 가지가 있다. 그러나 그것은 인간 쪽의 이유이지,

하나님의 입장에서 보면 결코 죽을 이유가 될 수는 없다.

확실히 그렇다. 입장을 달리하여 생각해 보면 죽지 않아도 되는 것이다. 한센씨 병[나병]에 걸렸기 때문에 하나님을 믿고 찬란한 일생을 마친 사람도 있다. 실연했기 때문에 인간의 깊이를 깨닫게 되어 위대한 작가가 된 사람도 있다. 빚을 많이 졌기 때문에 전도사가 된 사람도 있다. 그 어떤 절망적인 상황 속에 있어도 인간은 결코 희망을 잃어서는 안 된다.

암, 그 절망의 늪

* 절망

하시모토 루츠꼬 여사의 부군이 별세했다는 소식을 들었다. 암이었다. 그 부친 쿠스모토 야스로 선생도 암으로 5년 전에 작고했다. 무슨 말로 위로해야 할지. 그러나 신앙이 깊은 루츠꼬 여사이므로 이 슬픔을 극복하고 돈독하게 살아나갈 것으로 믿는다.

그러나 깨끗하고 정직한 젊은 생명을 앗아간 암이여, 너는 이 세상에서 하는 역할이 무엇인가? 다만, 우리 인간을 절망의 심연으로 빠뜨리고, 온갖 슬픔과 괴로움만을 주기 위해 생겼단 말인가. 그렇지 않으면 우리들 인간의 모든 상념을 초월하는 또 다른 역할을 하고 있는 것인가?

어쩌면, 지금의 나의 피로한 상태 또한 암은 아닌지, 암 때문은 아니겠지.

어쨌든, 하나님의 큰 은총이 루츠꼬 여사에게 임하여 위안이 되기를 기도한다.

*삶의 철학

홋카이도 석간신문에 아사히카와 의과대학 입학식에서 행한 구로타 가즈히테 학장의 식사式辭가 소개되어 있었다.

'입학하는 동기가 무엇이든, 의학을 공부한다는 것은 특권이 아니요, 제군의 활동과 봉사를 사회가 필요로 한다는 것을 자각하라! 히포크라테스는 말하기를, 의학을 공부하는 자는 마음으로 겸허해야 하니, 의학이란 생명 활동에 관한 총괄적인 학문이며, 전인격적인 관점에서 인간을 사랑한다는 마음가짐을 항상 잊어서는 안 된다. 6년간의 교육은 의학의 본질을 구명하는 입구에 선 것에 불과하며, 그러므로 일생을 통하여 계속 배운다는 각오를 견지해 주기 바란다…….'

운운.

이 말 가운데에는 신앙인으로서의 선생 자신의 삶의 철학이 내포되어 있어 적지 않게 감명을 받았다.

*의지의 인간

마침내 18년 동안을 계속해 온 가정집회를 중지하기로 결심하다. 건강 상태가 아무래도 미심쩍다. 심한 피로감, 만약 잘 수만 있다면 종일을 자도 모자랄 것 같은 생각이다.

한 달에 한 번씩 있는 가정집회이긴 하지만, 몇십 명의 손님을 맞이하여 밤늦도록 집회를 벌인다는 것은 나로서는 애석하지만 몸이 무리인 것 같으니 어찌하랴.

나는 이 집을 세운 이래, 교회의 손님을 묵게 해 드린다거나 여행 중인 목회자를 유숙하는 장소로도 제공했는데, 이것은 하나님의 은혜에 대한 보답이었다.

"이 집을 사유물로 되지 말게 하옵소서!"

이것은 상량식을 할 때, 당시의 비서였던 나츠이시카 유우꼬가 기도한 말이다. 그의 기도처럼 16조로 넓게 설계된 우리 거실에는 많은 교우들과 목회자, 심지어는 가출을 한 젊은 남녀들도 여러 번 묶고 갔다.

그러나 이제는 집회마저 열 수 없게 되었으니 오, 하나님! 이 집이 다시금 이전처럼 풍요로운 장소가 되게 하여 주옵소서.

*** 명상**

오늘도 현미 수프를 먹었다.

하혈은 여전하다. 아침에 자리에 누운 채 벽에 걸린 가와타니 목사님의 글을 보면서 생각했다.

사랑
기쁨
평화
관용

이제는 더 첨가할 말이 없다. 몸이 아프던지, 괴로운 일이 있던지 다만 사랑으로 충만되고, 마음속이 기쁨으로 가득차고, 스스로 평화로운 마음가짐으로 남을 너그럽게 용서한다는 것, 이 얼마나 숭고한 일인가. 이는 신앙을 밑거름으로 하여 자란 나무에 영그는 그리스도의 열매가 아닐까.

* 감사하는 마음

엷은 햇빛이 비친다. 봄날 같은 날씨이다.

독일에서 인세 44만 엔이 송금되어 오고. 어제는 홍콩에서도 왔다. 나의 책이 많은 분에게 읽히다니 다만, 감사할 뿐이다.

가토우마 선생으로부터 나의 신간 『파란 가시』를 칭찬하는 전화가 왔다. 그분은 아사히 신문 학예부 시절에 나의 작품 『빙점』 『속 빙점』 『나무 쌓기 상자』 등을 담당해 주셨던 분. 오늘의 칭찬은 처음이다. 몸이 좋지 않은 탓일까. 그 마음씨에 각별한 감명을 받았다.

*암, 그 절망의 늪

오늘도 하혈, 현미 수프로 기운을 차려 본다. 밤에 남편의 잠든 얼굴을 바라보며 생각해 보았다.

～ 만일 내가 암이라면 이 사람의 장래는 어떻게 될까? 아이가 없는 우리 부부, 그러니까 한쪽이 죽으면 다른 한쪽은 외톨이로 남는다.

"외톨이가 된 남편, 그러나 날마다 이 방에서 밤을 지내겠지!"

암 환자의 대부분은 이런 생각을 해 보았으리라.

오늘은 하혈이 없다. 혹시 이대로 하혈이 멎지 않을까 하는 희망을 품어 본다. 일희일비一喜一悲는 못난 짓이라 여기면서도 약한 자는 역시 인간인 모양이다. 이같이 희망과 절망 사이에서 고뇌하는 많은 암 환자들을 생각해 본다.

혹시 암이 아닌가 하는 의심 속에서 괴로워하는 사람, 어떤 일이 계기가 되어 자신이 암이라는 사실을 알게 된 사람, 또는 의사로부터 진찰 결과를 통지받고 자신의 암을 인식한 사람 등등, 그 모든 사람들의 형언할 수 없는 고민을 어찌 글로 다하랴. 그러나 나는 말하고 싶다.

"암 환자만이 죽는 것은 아니다."라고

모든 것을 고쳐 생각한다.

그렇다, 인간은 단지 암만으로 죽는 것은 아니다. 뇌일혈로 죽는 사람, 심장병으로 죽는 사람도 있다. 교통사고로 죽는 사람, 사소한 감기로 죽는 사람도 있다. 아니, 도무지 죽을 것 같지 않던 사람이 오늘 밤 안으로 몇만 명이 어이없이 죽어 버릴지도 모른다.

결국 살아 있는 한 죽음이란 그림자와 같은 것, 언제나 신변을 떠나지 않는다. 오직 암 환자라고 해서 죽음을 두려워할 까닭은 무엇인가? 죽음을 두려워할 것은 없다. 오늘 당장 누가 죽을지는 아무도 모르는 일이다. 그러므로 우리는 항상 죽음에 대하여 생각해 두지 않으면 안 된다. '나도 언젠가는 죽는다'라고.

죽음을 자기의 것으로 하여 진지하게 생각하는 것은 삶을 진지하게 생각하며 살아가는 것과 같은 것이다. 죽음은 공평하다. 누구에게나 다가오는 것.

나는 이 사실을 명심하며 살아가려 한다. 어쩌면 틀림없이 암일 것이다.

하혈이 심하다. 역시 암인가?

내일은 병원에 가기로 하자. 그리고 어떤 결과가 나오더라도 당황하지 말며, 절망하지 말아야겠다. 인간은 누구나 반드시 죽기 때문이다.

"내일을 걱정하지 말라. 내일의 걱정은 내일 또 걱정해야 하기 때문이다. 그날의 걱정은 그날 하는 것으로 충분하다."(그리스도의 말씀)

눈 녹은 자리

* 원고지 석 장의 진실

방황하던 구름은
어느새 높이 흘러가고
창가에는 3월 하늘만 남는구나

10여 년 전에 남편 미우라가 쓴 단가短歌를 떠올리게 하는 봄빛 하늘이다. 하늘에는 나름대로의 아름다움이 있다. 가을의 푸른 하늘과는 전혀 다른 하늘이다.

누구의 시였던가?

'두드리면 소리가 날 듯한 투명한 하늘.'

이라는 싯귀가 있었는데, 그것은 가을 하늘이었다. 하지만 봄의 하늘은 부드러운 실크와 같은 파란 하늘이다.

다도茶道 전문지인 〈단꼬〉에서 청탁 온 원고를 쓰다. 단지 200자 원고지 석 장에 불과하지만 수필이라는 것은 짧으니까 쓰기 쉽고, 장문長文이니까 쓰기 어려운 것은 아니다. 석 장에는 그에 맞는 주제와 문장의 꾸밈이 있는 법이다. 20매 짜리는 20매의 주제와 문장이 있다.

〈단꼬〉 지에는 매월 성경 말씀을 인용해서 써 달라는 부탁이기 때문에 나로서는 더욱 고마웠다.

때로 우리 인간은 단 한 줄의 성경 귀절에 힘입어 살아가는 경우도 있다. 자포자기로부터 구제받는 일도 있다. 아무리 짧은 석 장의 글이라도 진심을 말하지 않으면 안 된다.

*꿈 속의 현실

매일 밤 꿈을 꾸는 나이긴 하지만, 한 번도 꿈에 본 적이 없는 그런 것이 있다. 사람들은 자주 시험을 치는 꿈을 꾼다고 하지만, 그러나 나는 지금까지 시험을 치는 꿈을 꾼 적이 없다.

나는 시험이라는 것에 대해 결코 부담 같은 것을 느껴본 적이 없었다. 시험은 교사 자신이 자기의 교수력을 평가해 보기 위해 필요한 것이라고 생각해 왔기 때문이다. 그러므로 애써 시험공부를 한 적은 매우 드물다. 내 점수가 나쁘면 곧 교사의 실력이 부족한 것이라고 평범하게 생각하고 있었던 것이다.

이와 같은 생각은 내가 초등학교 교사가 되어서도 달라지지 않았다. 그리하여 교사인 내가 학생들에게 시험 문제를 내는 것은 나 자신의 수업 평가를 검토하기 위한 것이라고 확신하고 있었다. 원래 시험이란 그런 것이 아닐까?

연재 마감에 쫓기는 꿈도 아직 꾼 적이 없다. 주간지에 세 편, 두 가지 월간지에 연재를 맡고 있을 때도 원고를 쓰고 꿈을 꾼 적은 없었다.

이러한 내 생각을 그대로 남편에게 말했더니

"정말 강심장인데."

하고 어이없다는 듯이 말했다.

* 교사라는 직업

"남을 가르친다는 것은 그와 함께 희망을 이야기하는 것, 배운다는 것은 성실을 가슴에 심는 것이다."

이것은 루이 아라곤의 말이다.

초등학교 교사 시절에 처음으로 이 말을 읽고 마냥 가슴이 뛰던 일이 생각난다. 그러나 유감스럽게도 참다운 '희망'이 어떤 것인지 지금도 알지 못한다.

제자와 함께 이야기하는 희망은 사랑이고 평화이며 진실이 아니면 안 되었다. 그러나 전시戰時 중의 나는 나라를 위해 싸워야 된다는 사명감으로 살아가는 인간이었다. 그러니까 군국주의의 교사로서 진지하게 학생들을 가르쳤던 것이다.

열심히 한다고 해서 다 좋은 것은 아니다. 문제는 무엇에

열중하느냐 하는데 있는 것이다. 그 일이 절망적인 회한과 함께 되살아난다.

* 어머니의 상像

오늘은 어머니의 기일이다.

의식을 잃기 며칠 전에 병실의 창가에 서서 어머니와 함께 빨갛게 타고 있는 저녁노을을 바라보던 일이 선명하게 떠오른다.

인내심 깊은 어머니였다. 전혀 짜증을 내지 않는 명랑한 성격의 어머니였다. 내가 13년 동안이나 요양을 하고 있었기 때문에 마음 놓고 여행을 해 보지도 못하고 많은 고생을 했을 어머니를 생각하면 가슴이 아프다.

어머니가 나에게 일곱 명의 며느리들에 대해 불평을 털어놓은 적이 거의 없었다. 매일 얼굴을 마주 대하고 있으면서 한 마디의 잔소리도 늘어놓지 않은 어머니. 그런 어머니를 다시금 회상한다.

* 자기 중심적인 표현

남편과 책상에 마주 앉아 원고 쓰기를 하고 있었다. 그러자 머리가 빙글빙글 돌았다. 가끔 현기증이 났지만,

오늘은 다른 때보다 심하다고 생각하며 눈을 떴다. 그때 미우라가 이렇게 말했다.

"걱정할 것 없어. 지진이야."

무라다 여사에게서 미국 여행 선물로 받은 금속 방울이 울리고 전선줄이 흔들렸다. 아사히카와에서는 보기 드문 지진이었다. 지하실 바닥에 세 군데나 기다란 균열이 생겨 있었다.

텔레비전의 스위치를 켜자 우라가와에서 진도 6, 삿포로는 진도 4라고 했다.

이케우찌 여사, 쿄토의 기다데 씨, 『아사히 신문』 도쿄 본사의 하산 씨, 후지이 숙부님, 모리모도 여사, 야마나시에 산다는 어느 여성 독자에게서 지진 위안 전화가 걸려왔다. 감사하기 그지없었다. 나도 삿포로, 다떼, 구시로의 친척과 친구들에게 전화를 걸었다.

인간이란 무슨 일이 일어나면 다른 사람의 탓으로 돌리려는 습성이 있다. 자신의 잘못이라고 생각지 않으려고 한다. 그런데 지진을 만나서,

"현기증 때문에 죽는 줄 알았다."

"뇌출혈인 줄 알았다."

등등, 나와 같은 일을 생각한 사람이 많았음을 나중에서야 알았다.

대지가 움직인 탓이라고 그 시점에서는 생각하지 않는다. 이 또한 자기 중심적인 표현이 아닐까?

*남편의 사랑

뜰의 흙 마당이 넓어졌다.
하루마다 엷어지며 없어지는
눈 녹은 자리인가?

남편이 언젠가 지은 시다. 올해도 그런 계절이 찾아왔다. 고토 부인이 폐렴이라던가, 류머티스의 고통에 겹친 폐렴은 얼마나 괴로울까? 고토 부부에게는 늘 신세만 지고, 우리 쪽에서는 무엇 하나 해 드리지 못해 미안한 마음 그지없다.

자리에 누운 내 베갯머리에 남편이 앉아서 늘 그랬던 것처럼, 오늘 밤도 내 머리에 동백기름을 발라주고 있다. 흰 머리카락이 눈에 띄는 모양이다.

새색시에게 상냥하게 대해 주는 남편은 있을 것이다. 그러나 변함없이 아내의 흰 머리에 밤이면 동백기름을 바르며 어루만져 주는 남편은 분명 귀한 존재임에 틀림없다.

병상에 있던 나를 몇 년씩이나 기다려 결혼할 때의 사람이 지금도 변하지 않았던 것이다. 변함없이 약한 자로서의 나를 보살펴 준다. 머리를 마사지해 주고 나서 밤 기도를 올리면 오늘 하루가 끝나는 것이다. 오직 감사할 뿐이다.

삶의 방정식

*나이를 먹는다는 것

병에 걸려도 바로 병원에 갈 수 없는 형편이다. 막 시작한 연재물 원고 작성으로 여념이 없다.

스에꼬 양과 유미꼬 양으로부터 나의 회갑을 축하하는 뜻으로 블라우스가 선물로 왔다. 두 사람의 센스는 놀랄 만하다.

나도 회갑을 축하받을 나이가 되었다니. 사람이 늙으면 동심으로 되돌아간다는 말도 있지만, 나는 언제나 마음이 여려 채 어른이 되기도 전에 생을 마치는 것은 아닌가 하고 걱정하곤 했다. 동정녀라면 또 몰라도, 비록 듣기 좋은 말이긴 하나 이건 자기 중심적인 생각이라고 할까.

오늘도 피가 보였다. 정말 암인가? 아니면 일시적인 생리적 장애인가?

종일 구름이 어둡게 드리워진 하루였다.

오늘은 하혈이 없었다. 앞으로 계속해서 하혈이 없을지 어떨지는 모르겠으나, 어쨌든 피가 보이지 않는 날은 마음이 밝아진다.

* 영원한 삶

어제 신문에 미노우에 히사시 씨가 논한 〈혁신 비판〉의 글 가운데,

"최근 각지의 선거 상황을 보고 있노라면, 혁신 정당은 눈앞의 이익에만 사로잡혀 무턱대고 타 정당과 손을 잡던가 하여 갈팡질팡, 이에 대한 비판이 높은 것 같다. 만일 오늘 패하더라도 4년 후에 이길 수 있다면, 그에 대한 전략도 필요한 것이 아닐까?"

이런 말이 씌어 있다.

옳은 말이라고 생각한다. 박수를 보낸다.

생각해 보면, 눈앞의 일에만 집착하다가 갈팡질팡하는 것은 부족한 우리 인간의 실상 그대로인 것이다.

나 자신도 하혈을 하면 암이 아닌가 하고 근심하고, 하혈을 하지 않으면 금방 희망을 품게 된다. 침착하게 자기의 장래를 전망하는 삶의 방식이 필요할 것 같다. 만약 암이라고 해도, 그래서 암으로 죽는다고 하더라도 당황하거나 혼란해서 될 일인가? 그 뒷일은 남편이 할 일이요, 하나님이 도와 주실 것이다.

사람의 나이를 만약 1년을 단위로 하지 않고 백 년을 단위로 한다고 가정한다면 남편과 나는 다 같이 같은 해에 죽는 것이 된다. 뒤에 남겨진 남편 미우라가 불쌍해서 죽을 수 없다는 것은 나의 미숙한 생각일 것이다. 같은 시대에 같은 뜻을 가지고 살았다면, 그리고 같은 시대에 죽는다고

생각한다면 더욱 주저하지 않고 죽을 수 있을 것이다.

그리스도를 믿는 자에게는 영원한 삶이 약속되어 있다고 성서는 말한다. 이 말을 조금도 에누리하지 말고 고지식하게 믿자.

* 결심

마침내 내일은 일본 적십자병원에 가보기로 결심. 〈소설 신조〉 연재분 40매를 가까스로 써낼 수 있었기 때문이다.

적십자병원의 하시야마 선생을 나는 알지 못하지만, 신토 외과 과장이 직장直腸이라면 하시야마 선생이 좋을 것이라고 전해 주었었다. 같은 외과 의사가 추천해 준 이상 믿을 수 있는 의사임에 틀림없을 것이다. 다른 사람들로부터 들리는 평판도 매우 좋은 의사이다. 일단은 안심하고 내일은 어쨌든 진찰을 받아보자. 비록 어떠한 선고가 내려지든 간에 암이건 암이 아니건 모든 것은 하나님의 손에 달린 것이니까. 아야꼬여, 초조해 하지 말라.

밤에 목욕. 체중 44kg, 정월에 비해서 3kg이나 줄었다.

드디어 남편과 함께 아사히카와 적십자병원 외과를 찾았다.

하시야마 선생은 소문에 듣던 그대로 성실한 인상이다. 진찰 결과 항문에서 5센터쯤 되는 곳에 무엇인가 있다고, 출혈도 있다고 한다. 다만 그뿐이다.

오늘부터 암이라고 각오하고 살아갈 생각이다. 이제부터 새로운 세계의 시작이다.

첫째, 신앙에의 확립, 부활에 대한 희망을 새롭게 할 것.

둘째, 우선 병을 고쳐 볼 것. 그러나 인간은 어차피 죽게 마련이니까.

암만이 죽음에 이르는 병이 아니라고 새삼스럽게 생각해 본다.

비록 암이라고 하더라도 명랑하게 살리라. 지금 나에게 있어서의 문제는 과연 내가 삶과 죽음을 초월하여 살아갈 수 있느냐 하는 것이다.

결코 센티멘탈에 빠져서는 안 된다. 질병도 죽음도 모두 나의 개인적 문제가 아닌가. 내가 슬퍼하지 않는다면 질병도 죽음도 결코 나에게 있어 슬픈 것으로 되지 않을 것이다.

'주여, 모든 것을 내 뜻대로 하게 하지 마옵소서. 모든 것에 감사하나이다.'

그런데 나는 놀랐다. 결과를 알아보기 위하여 진찰실에 불려 갔던 남편은 싱글거리며 들어갔다가 나올 때도 똑같은 표정으로 태연히 내 앞에 온 것이다. 과연 남편답구나 하고 생각했다.

아사히카와 적십자병원에서 첫 번째의 마루야마 왁진 A 주사를 맞았다.

후지타 조헤이 씨와 마루야마 박사에게 감사한다.

하혈은 멎었고 체온은 37도 1분.

밤에 목욕을 한 후 하혈, 오늘은 선명한 빛깔이었다.

*남기고 싶은 것들

오늘로 연 사흘째 하혈이 없음. 와진 A를 주사, 체중 43킬로.

교회에 나갔다.

입원 날짜는 내일로 결정, 한동안 교회에 나올 수 없다는 생각에서 목사님의 설교를 경청, 한 마디 한 마디가 가슴에 파고든다.

입원 뒤의 올리브회會에 관하여 미키 및 사카이 두 부회장에게 뒷일을 부탁했다.

오늘 드디어 아사히카와 적십자병원에 입원했다. 전화와 욕실, 화장실이 딸린 독실이다.

처음 문병 온 분은 무라타 카즈꼬 여사, 꽃과 하얀 꽃병을 가져 왔다.

그분에게 병원 매점에서 화장지를 좀 사다 달라고 부탁을 드렸는데, 도무지 소식이 없더니 30분이 지나서야 돌아오셨다.

"부드러운 종이가 좋을 것 같아서……"

이 얼마나 고마운 마음씨인가. 부드러운 것을 사러 일부러 병원 밖에까지 나가서 사다 주신 것이다.

*삶의 용기

하시야마 선생의 말로는 개복開腹을 하지 않고도 수술이 가능할 것 같다고 한다.

그렇게 되기를 바라는 마음이다.

남편은 8시 5분이 지나서야 돌아갔다. 오전 10시부터 밤 8시가 지날 때까지 수고했으나 적지않이 피로했으리라. 남편을 위해서라도 살아야겠다는 강렬한 욕구가 용솟음친다.

아침에 병원의 정원에 피어 있는 하얀 자두나무꽃을 보았다. 남편과 결혼한 그다음 날 보았던 이웃집 정원의 자두꽃이 떠오른다. 그리고 보니 결혼기념일이 다가오고 있다.

다른 병실에서 새로 태어나는 아기의 힘찬 울음소리가 들려 온다. 우는 것 외에는 자신의 의사전달 방식을 알 수 없는 갓난 아기, 그 아기의 목청껏 울어대는 울음소리를 듣자니 공연히 감동되어 눈물이 핑 돈다. 이 아기는 장차 어떤 인생을 살아갈까. 아기를 위하여 기도하는 마음이다.

*봄의 환희

라일락꽃이 싹이 트기 시작했다. 뜰 아래 진달래도 움이 텄다. 흑색의 봄으로부터 점점 색깔이 물드는 봄이 되어간다.

이제 바야흐로 백화百花가 다투어 피는 혹카이도의 봄이 오는 것이다.

그리고 꽃과 나무, 풀들이 환성을 지르는 봄이다. 이 얼마나 경탄할 자연의 섭리인가. 때가 오면 꽃이 핀다. 어김없이 초목은 피어나는 것이다. 결코 평범하게 보아 넘길 일은 아니리라.

어머니날이다.

사토 유키꼬와 도쿄의 나의 팬인 미노와 군으로부터 카네이션이 왔다. 아이가 없는 나에게는 그들의 애틋한 마음씨가 깊이 가슴에 새겨든다. 미노와 군은 훌륭한 조리사로 크게 성공할 것이다. 그가 내는 맛에 정성과 기도를 함께 보낸다.

기온은 25도 정도, 따가운 햇살을 받으며 벚꽃 구경을 하러 나갔다. 분홍빛 꽃과 꽃, 짙고 흐림은 있어도 어느 것이나 꿈처럼 아름답다. 내년에도 다시 찾아 올 수 있게 될까 하는 생각이 나로 하여금 오늘 이곳을 찾게 했다.

운전사인 이나카키 씨, 얼마나 상냥한 말투인가. 지쳐 있는 내 모습을 보고 거듭 몇 번이나 위로의 말을 해 주었다.

담황색 마과麻科 나무의 새 잎새. 아쿠다카와 류노스케가 아니더라도 마요네즈 소스를 살짝 발라 먹고 싶은 기분이 든다.

오늘 체온은 37도 1분.

하나님의 뜻

*하나님의 섭리

오늘 마침내 나의 병명을 알게 되었다. 오후 5시가 좀 지났을까? 요오꼬 여사와 가네꼬 여사가 내방한 자리에 히시야마 선생님이 회진차 들르셨다. 손에 서류 한 장을 들고 약간 엄숙한 표정을 하고 계셨으므로 대충 짐작이 갔다. 아니나 다를까.

"의대에 보냈던 환부의 검사 결과를 오늘 알게 되었습니다. 역시 좋지 않은 소식이었습니다."

바로 암이었던 것이다.

처음부터 병명을 가르쳐 주시도록 부탁을 했기 때문에 선생님도 숨기지 않고 말해 준 것이다.

"그러나 수술은 성공적이므로 완치되었다고 생각해 주십시오. 치료는 필요 없습니다. 약도 아무것도 필요 없습니다. 우선 2주일마다 장을 진찰해 보기로 합시다. 이상이 없으면 3주일, 그리고 또 4주일로 날짜를 멀게 하면서. 그리고도 이상이 없으면 마침내는 통원치료도 필요 없게 되는 것입니다. 우선은 암세포가 이전되지는 않으리라 생각합니다. 현재로선 이 이상의 일은 인간의 한계를 초월하는 것이지요. 어쨌든 마침 적절한 시기에 수술할 수 있었던 것은 하나님의 은혜라 할 수 있을 것입니다. 장의 벽에까지 암이 퍼지지 않았던 것은 정말 다행이었습니다."

선생님은 이렇게 덧붙여 위로의 말씀을 해 주셨다.

같은 신앙을 가진 의사의 입에서 '하나님의 은혜'라는 말을 듣고, 특별히 하나님의 깊은 섭리를 느꼈다.

*꽃다발

올리브회의 사카이 부회장을 비롯하여 이시타 씨, 소네 씨, 누마타 씨가 임원 회의에서 돌아오는 길에 병문안을 와 주었다.

"모든 회원이 전부 위문하러 오고 싶다고 했으나, 그것은 도리어 폐가 될 것 같아서……"

사카이 부회장은 16명 임원 명의로 된 위문금을 내놓았다.

죄송하다는 생각뿐이다. 사카이 부회장의 정원에서 손수 꺾어 오신 예쁜 등꽃, 은방울꽃 등 그분의 마음을 소홀히 할 수가 없다.

*결점이 있는 사람

맑은 날씨.

오후에 조카인 리츠꼬가 자기가 쓴 위문 편지를 가지고 왔다.

"문병 말씀은 이 안에 있습니다."

명랑하고 유머러스한 편지.

테이프로 다니카와 선생의 설교를 들었다.

야노우치 하라 전 도쿄대학 학장께서 하신 말씀이 떠오른다.

"결점이 있는 인물을 나는 존경합니다."

인간이란 사명감에 불타 그 능력을 충분히 발휘할 수 있을 때, 그의 결점도 노출시키게 된다고 한다. 장점도 살리는 대신 단점도 모두 노출된다는 것이다. 그러므로 전력을 다하며 살아갈 때 장점만 보이는 그런 모습이어서는 안 된다는 것이다. 물론 결점이 많은 것이 곧 사명감에 불타고 있다는 증거는 될 수 없으나, 한번 음미해 볼 만한 말씀이라고 생각한다.

"내일을 위해 인색한 사람은 '오늘의 양식을 주옵소서'하고 기도할 자격이 없다."

누군가 한 말이다.

그렇다. '일용할 양식을 주옵소서!'하고 기도하는 것은 단순히 자신의 목숨을 위해서 뿐만이 아니고, 그 기도 속에는 남을 위해 일하기 위한 양식을 얻는 뜻도 내포되어 있는 것이다.

나도 언젠가 완쾌되어 남의 병을 위로하고 격려하고 싶다.

*값진 인생

미야타 이츠오의 저서 『현재를 어떻게 살아야 하는가』를 읽다.

"우리들 한 사람, 한 사람의 인생은 참으로 누가 대신할 수 없는 인생이다. 그것을 새삼 확인하고 그 인생을 깊이 감동적으로 받아들이는 것이 중요하다고 생각한다. 나의 인생은 누구의 인생도 아니요, 바로 나의 인생이다. 그러므로 타인과 비교해서, 이 점에서는 남보다 내 인생이 멋지다든가, 이 점에서는 남보다 뒤져 있다고 생각할 수가 없는 것이다……."

이 말들이 기묘하게 가슴 속에 스며든다.

내 몸이 약하다는 것, 그것을 건강한 사람과 비교해서 한탄하는 일이 있다면, 그것은 자기에게 주어진 삶의 의미를 깊이 있게 받아들이는 것은 아닐 것이다. 암에 걸렸다는 것은 나로서는 하나님의 크나큰 은총인지도 모른다. 그 은총을 은총으로 이해하지 못한다면, 그것은 나에게 있어 커다란 손실이 아닐 수 없다.

나에게는 암의 인생이 주어졌다. 이런 생각으로 자기 인생을 음미하며 적극적으로 살아가고자 한다.

어느 박약아가 그림공부 시간에 '이 그림에 녹색을 칠한 것은 누구일까?'하며 감탄의 소리를 질렀다고 이 책에 씌어 있다. 이만큼의 감동을 가지고 우리들은 항상 뜰에 있는 꽃들을 바라보고 있는 것일까?

자기 인생을 산다는 것은 진정으로 그렇게 살려고 한다면 그것은 반짝이는 삶의 연속일 것이다.

이런 생각을 하면서 나는 뛸 듯이 기쁜 희열을 맛보았다.

***죽음의 저쪽**

아침에 남편이 멍청한 얼굴로 병실에 나타났다.

"어제 일인데, 마쓰이 스네사치 씨가 별세했소!"

"정말요?"

나는 무심코 소리쳤다.

내가 입원하기 4일 전 우리는 마쓰이 씨를 위문 갔던 것이다. 비에 벚꽃이 지는 저녁나절의 일이었다.

마쓰이 씨는 등이 아프다고 호소하긴 했으나 표정은 조용했다.

나와 남편은 마쓰이 씨의 등에 손을 얹고 번갈아 마사지를 해 드렸다.

우리들이 돌아갈 때 마쓰이 씨는 침대에서 내려오려고 했다. 복도까지 우리를 배웅하겠다는 것이었다.

우리 두 사람이 깜짝 놀라 극구 만류하자 침대 위에 정좌한 채 두 손을 짚고 깊숙이 머리를 숙이며 눈물을 떨구던 것이 어제 일 같다. 그리고 그것이 마지막이었다.

이름난 박물관장으로서 중앙에서도 유명했던 박식한 마쓰이 씨, 사람들을 사랑하고 모든 사람을 사랑하고, 모든 사람에게서 존경을 받던 다정한 마쓰이 씨, 그도 암이었다.

저기 저 침대 위에 손을 짚고 마쓰이 씨는 언제까지나 머리를 숙이고 있을 것만 같은 생각이 든다.

온종일 마음이 아팠다.

산다는 것

*비둘기

어제와 마찬가지로 나의 병실의 창가에 몇 번이나 비둘기가 날아왔다. 비둘기의 눈을 보면 마음의 위로가 된다.

밤에 남편이 돌아간 뒤, 테이프로 기시모토 선생님의 설교를 들으면서 잠들었다. 남편 미우라는 오늘도 하루종일 내 곁에 있어 주었다.

인간은 반드시 죽는다는 것. 오늘도 이 문제를 되풀이해서 생각하며 혼자 위로했다.

유리꼬 언니가 데츠오에게 나의 수술 이야기를 알려 주었다고 한다.

스에꼬 여사는 걱정한 나머지 혈압이 높아졌다고 한다. 미안하다.

창가에 서서 유리창 너머로 비둘기에게 모이를 던져 준다. 어느 틈에 날아왔는지 모르겠다. 정말 비둘기도 생존을 위하여 자신의 먹이를 얻는 방법을 알고 익숙해 있는 것이리라.

"씨를 뿌리지도 않고, 가꾸지도 않으며 거두지도 않는다……"

성경의 말씀이지만, 새들도 그들 나름대로 일하고 있는 것이 틀림없다. 살기 위해서, 생존하기 위해서 스스로 자신의 먹이를 취하는 일이다. 한창 나이임에도 부모의 도움을 받는 우리 인간보다도 부지런하다고 할까?

*다시 시작할 때

나는 나의 수술 때문에 취재차 오키나와로 출발할 요오꼬 양이 출발을 취소하겠다고 하는 것을 억지로 가게 했다.

나는 살아 있다. 나의 비서로서 나를 대신하여 취재할 겸 시야를 넓히는 것이 좋으리라. 오키나와 사람들의 역사 오키나와의 전쟁 피해, 오키나와의 고통과 슬픔을 피부로 느껴보고 싶다.

*남을 돕는다는 것

병실의 창 밑에 밥찌꺼기를 모아 운반하는 트럭이 와 있다. 한 젊은이가 트럭에 있던 드럼통에 삽으로 밥찌꺼기를 퍼 담고 있는데, 매우 힘겹게 보인다.

"남에게 도움을 주는 일을 하는 것이 역시 쉬운 일은 아니다."

남편이 입버릇처럼 하던 말이 떠오른다.

나는 세계의 기아 인구를 생각하면서 내버리는 밥찌꺼기가 너무 많은 것은 아닐까 자문해 본다. 생각해 보면 마음 아픈 일이다.

＊작은 위안

고토 선생님으로부터 전화가 왔다.

"어제의 간 검사는 어떻게 되었습니까? 만약 나쁘다면 암세포가 여기저기로 번졌을 텐데요?"

"괜찮을 겁니다."

선생님의 말씀을 듣고 나니 조금 안심이 된다. 그러나 암일 것이라는 의혹은 좀처럼 사라지지 않는다.

＊죽음 뒤에 남는 것

밤에 남편이 돌아간 뒤, 문득 생각이 나서 유서를 썼다.

내일 수술을 받는다. 수술 중 만일의 사태가 없으리라는 보장은 없다. 더구나 심장이 약하고 혈압이 90 이하인 날이 많은 요즘이다. 전혀 무시할 수가 없는 것이다.

이런 생각을 하면서 쓰고 싶지 않은 유서를 두 장 썼다. 한 통은 남편 미우라에게, 또 한 통은 나의 형제들에게.

다 쓰고 나서 새삼 느꼈다. 나라는 인간은 이런 보잘 것 없는 유서밖에 쓸 수 없는 것일까 하고.
어쨌든 죽을지도 모른다는 생각을 하면서도 마음은 이상스럽게 평온하다. 11시에 불을 껐다.

* 운명의 나그네

날씨는 흐려 있었다. 드디어 오늘 수술. 수술실에 갈 때까지 무언가 써 두려고 일기장을 열었다. 간밤에는 5시간 정도 수면. 열이 오르고 허리와 이가 쑤신다. 살아간다는 것은 생존한다는 의미로 볼 때 단지 육체적으로만 살아간다는 것도 대단한 일로 여겨진다.

* 주여, 뜻대로 하시옵소서

오후에 기초 마취, 갑자기 심장 후면이 아파 온다. 나에게 본 마취를 받을 체력이 남아 있을까?
"주여, 뜻대로 하시옵소서!"
11시 기초 마취 주사를 했을 때 도요오카 교회의 후쿠지마 목사님께서 내방하여 기도해 주었다.
"감사합니다."
그분은 누구나 꼭 필요할 때 나타나 도움을 주시는 분이다.

*다시 태어난 생

긴 것 같기도 하고 짧기도 한 것 같은 하룻밤이 밝았다. 수술한 다음은 운이라고 하는데 침대에서 내려와 설 수가 있다. 아무 통증도 없다. 수술 및 마취 기술이 다 같이 뛰어났다고 여겨진다.

*신비로운 육체

어제 2일째는 카테르로 배뇨했으나 오늘은 벌써 혼자서 할 수 있게 되었다. 혼자서 용변을 할 수 있다는 일이 인간으로서 극히 당연한 일인데, 어쩌면 이렇게 고맙게 느껴질까. 그러니까 인간의 신체는 어딘가 약간 이상해져도 금방 기능이 쇠퇴하고 마는 것이다.

눈이 보이고 귀가 들리고 말을 할 수 있으며 음식을 씹어 목구멍으로 넘길 수 있다. 이런 것 모두가 당연하다고 생각하면 옳지 않은 일일까. 어쨌든 나는 혼자서 용변을 할 수 있는 것만으로도 경이로운 느낌이 든다. 이 세상에는 눈이 보이지 않으며, 혹은 귀가 들리지 않는 등 생활 기능의 한 가지가 결여된 사람이 얼마나 많은가.

교회에서 예배가 끝난 후 쿠로다 가즈히테 선생님이 예쁜 꽃을 들고 와 위문해 주었다.

의사가 문병을 와 주는 것은 이런 때 퍽 믿음직스럽게

여겨진다.

오늘 아침 우연히 아사히 신문을 펼쳤더니 의사의 의료 실수에 관한 기사가 크게 나 있었다. 쿠로다 선생은 이것을 화제로 삼았다. 교만하고 옹졸한 의사라면 환자 앞에서 결코 이런 문제를 화제로 내놓지는 않을 것이다. 옳은 것은 옳은 것, 그른 것은 그른 것, 이같이 결단을 내리는 그는 분명 겸손한 분임에 틀림없다.

*결혼 기념일

오늘은 우리의 결혼기념일, 만 28년째다.

우리들의 결혼기념일은 언제나 날씨가 좋았다. 오늘도 파란 하늘이 창밖으로 부드럽게 펼쳐져 있다.

내가 비록 병원에 있긴 해도, 우리는 지금 함께 살아 있다. 감동적인 일이다.

그런데 올해의 결혼기념일에 하나님께서 보내 주신 선물은 나의 병이다. 나는 감사하는 마음으로 하나님의 선물을 받는다.

남편은 날마다 하루종일 환자인 내 곁에 있어 준다. 병실에서 의자에 머리를 기댄 채 졸고 있는 일이 많다. 그이의 건강이 염려스럽다.

오늘을 기뻐할 줄 모르는 사람은 일생을 기뻐할 수가 없다. 오늘을 불평하는 사람은 일생을 불평하게 된다. 모든 것을 감사하는 마음으로 기쁘게 받아들이자.

푸른 하늘 밑 옥상 위에 비둘기 다섯 마리가 나란히 앉아 있다. 한 마리가 날아가자 뒤를 이어 세 마리가 차례로 날아간다. 남은 한 마리도 그 뒤를 따르려니 했는데, 태연히 움직이려 들지 않는다. 그 움직이지 않는 모습이 마음에 들었다. 그놈은 아마 자아自我가 강한 놈인지 모른다. 너는 너, 나는 나, 이렇게 고집을 부리고 있는 것일까.

오늘 수술 후 처음으로 배변, 핏덩이도 함께 보였다.

아침 8시 반에 히사야마 선생님이 회진을 왔다. 하루 두 번의 회진으로 저녁 시간은 5시 반이다. 개업의를 원치 않는 분이니 돈을 버는 것을 그다지 바라지 않으시는 것 같다.

우연히 초등학교 때의 이야기가 나왔는데, 이게 어쩐 일인가? 그는 다이세이 초등학교의 나의 동기였다. 동기생에게 수술을 받은 사실조차 모르고 있었다니, 기연이라면 기연이라 하겠다.

*주어진 운명

어쩐 일일까? 조직검사 결과는 오늘도 밝혀지지 않았다. 왜 늦어지는 것일까?

쾌청한 날씨였다. 제비가 하늘로 비상한다. 그 밖에 까마귀, 비둘기, 참새 등 온갖 새들이 날으는 나의 병실 창문. 맞은편 고층 건물에서는 곤돌라의 인부들이 빌딩의 창문을 닦고 있다. 밥찌꺼기를 모으는 사람들이나 병원의 화장실을 청소하는 사람들이나 모두가 이 세상에는 없어서는 안 될 사람들이다. 그들이 주는 혜택을 다른 사람들은 감사하게 생각해야 할 것이다.

* 고마운 이웃

후쿠다 에이꼬 부부와 야마다 가즈미치 씨, 고니시 가즈꼬 씨, 가메치 숙부, 야마자키 고이치로 씨, 페니호프 선생 부부 등 많은 문병객이 내방.

페니호프 부인은 나의 어깨를 끌어안고 뺨을 비벼 준다.

"평안하시기를. 좋은 안색입니다."

그녀의 눈에 글썽이는 눈물, 눈시울이 뜨거워진다.

『시오가리 고개』를 영역해 주신 페니호프 부부,
그분들과의 최초의 만남은 아사히카와 교도소의
응접실에서였다.

영국에서 강철회사를 경영하시는 부친을 모시고
있으면서도 기독교 선교를 위해 박봉을 감수하고 일본에
오신 분들이다.

그들이야말로 항상 평화롭고 아름다운 모습이다.

정열적인 삶

*반려자

퇴원 2일째, 일요일이다.

밤중에 남편이 발열하더니 아침에는 37도 8, 얼굴이 붉어지고 심히 괴로워 보인다. 내가 입원하고 있는 동안의 쌓이고 쌓인 피로가 한꺼번에 밀려온 것이리라. 나로서는 무슨 말로 위로할까? 에이꼬 양이 간호해 준 덕분에 저녁 때가 되면서 남편의 열이 내렸다.

*존재와 무無

"인간은 전기를 발명했다. 그러나 그 때문에 태양의 빛이 바래진 것은 아닐까?"

어느 책에선가 읽은 말이다.

인간은 때때로 과학의 발달에 경탄한 나머지, 이 세상에는 인간 이상의 그 무엇이 있다고 착각한다.

그러나 전등이 아무리 방을 밝게 해 주는 것이라도 일단 아침이 되어 태양이 떠오르면 전등은 빛을 잃고 만다.

하나님의 존재는 태양과 같다. 아니, 태양 이상의 존재이다. 태양을 창조하신 것은 하나님이시다. 사람들은 가끔 인간의 절대성을 말한다. 그러나 이 얼마나 어리석은 생각인가. 우리는 이 때문에 항상 우리 자신을 경계하지 않으면 안 된다.

"죽음은 어떤 죽음이라 할지라도 그 사람에게 있어서 가장 좋은 때에 하나님으로부터 주어진다."

어디선가 이런 말을 들었다.

그렇다! 인생은 시간적으로 반드시 오래 살아야 할 것인가? 아니면 질적으로 깊이 있고 알차게 살아야 할 것인가에 대하여 항상 자신에게 물어본다.

*불가사의한 존재

구름이 낀 우중충한 날씨다.

카시모토 선생의 테이프 설교를 듣는다.

"정열을 가지고 자진해서 모든 일에 임하라!"

선생의 말씀이 어쩐지 내 가슴에 파고 스며든다. 나 자신이 지금 정열적인 충실이 부족해 있는 탓이리라.

모든 일에 정열을 가지고 자진해서 임한다는 것은 정말 가치 있는 일이다.

오후에 초등학교 동창회의 대표 세 사람이 병문안을

왔다. 후루카와 부인은 세 살 적부터의 친구, 그리고 사케이 부인은 내가 초등학교에 입학했을 당시 한 책상에 앉아 공부하던 사이, 그리고 야마라 부인은 한동안 같은 동네에서 자란 친구다.

모두 잊을 수 없는 다정한 벗들이다.

모두 나와 같이 60살 되는 할멈들이지만, 저마다의 얼굴에 옛날의 홍안이 남아 있어 초등학교 시절의 추억으로 돌아간다.

인간이란 참으로 불가사의한 존재이다. 아무리 세월이 흘러도 영영 지워버릴 수 없는 그 무엇을 우리 인간들은 간직하고 싶어지나 보다.

* 정열적인 삶

쾌청한 날씨다.

뜰 아래 작약이 피기 시작한다.

오늘은 우리 고장으로서는 가장 쾌청한 계절의 날씨가 아닌가 한다.

다리가 불편한 히사오 씨가 몸의 불편을 무릅쓰고 택시로 일부러 병문안을 와 주셨다. 다른 사람의 부축을 받지 않으면 외출하지 못하는 몸, 이 얼마나 고마운 일인가. 나는 택시가 멈춘 곳까지 나가 맞이했다.

조그마한 글씨는 오른손으로 쓰시고, 큰 글씨는 왼손으로 쓰시는 히사오 씨, 언제 보아도 명랑하시다. 소아마비로 걸을 수 없고 오른쪽 어깨도 약하신 히사오 씨, 그럼에도 불구하고 서예를 배워 시범 면허를 취득하신 불굴의 사람이다. 장기가 3단으로 장기원을 경영하고 계시다. 그분의 명랑한 인품에 격려되어 오히려 사람들이 많이 모인다고 한다. 마이너스가 크나큰 플러스가 되고 있는 산 증거라 하겠다.

돌아가시면서 상쾌한 표정으로 웃음 띤 얼굴을 남기고 가시는 히사오 씨, 나는 그 뒷모습에 손을 흔들면서 새로운 감동을 느낀다.

*보람된 삶

뜰의 작약이 활짝 피었다. 이 꽃 한 송이를 두고 보더라도 하나님을 생각하며 바라보는 것과 그냥 자기 나름대로 보는 것과는 그 실존적 의미가 크게 달라진다.

아, 그 어느 것 하나가 신의 손길이 닿지 않은 것이 있는가? 더구나 이 거무스름한 흙 속에서 이처럼 아름답고 찬란한 색깔의 온갖 꽃이 피어나다니. 장미, 백합, 위령선, 매발톱꽃 등 그 창조의 다양성을 보고 음미하노라면 다만 감탄할 뿐이다.

하나님께서 우리에게 아무리 척박한 땅을 주셨다고 해도, 아무리 아름답지 못한 자연을 주셨다고 해도 우리는 결코 불평할 수 없는데, 그런데도 하나님께서는 조그마한 꽃은 조그마한 꽃 나름대로, 큰 꽃은 큰 꽃 나름대로 그 얼마나 조화있고 아름답게 가꾸어 내려 주셨을까?

이러한 하나님께서 만드신 최고의 걸작품이야말로 바로 우리 인간인 것이다. 그러나 이러한 피조물인 인간이 어찌 하나님 앞에 불경한 마음을 품을 수 있을까. 우리 인간은 언제나 하나님 앞에 겸손해야 하는 것이다.

***첫 만남**

여전히 계속되는 맑은 날씨.

"오늘이 무슨 날인지 알고 있소?"

남편이 묻는다.

"물론이죠!"

나는 고개를 끄덕인다.

오늘은 우리 두 사람이 처음 만났던 날이다. 지금으로부터 27년 전의 그날이다.

그날도 아침부터 활짝 개인 쾌청한 날이었다. 나는 깁스를 한 채 침대에 누워 있었다. 그러한 나를 미우라는 스가하라 선생님의 소개로 방문해 주었다. 새하얀 양복을 입은 깔끔하게 생긴 청년이었다.

'이런 깔끔한 인상의 사람이 이 세상에 있었던가!'

이처럼 생각하며 놀랐던 일이 엊그제 같다.

어찌 그날을 잊을 수 있으랴. 해마다 우리 두 사람은 이날을 기억하고 기도드린다. 하나님께서 처음으로 우리를 만나게 해 주신 날을 잊어서는 안 될 것이다.

전기傳記 『사람의 천재』 집필 준비. 보내져 온 자료를 읽다. 이런 인생을 보낸 사람도 있는가. 전 가족이 모두 뿔뿔이 흩어지고, 나중에는 혼자 남겨진 제자를 자기 집으로 데리고 와서 학교에 보내는 등 이런 자선을 거듭하며, 어떤 제자는 상과대학에까지 보낸다. 참으로 위대한 사랑을 가지신 니시무라 선생님!

오후 4시, 자료조사를 마치고 남편과 함께 가구라오카 공원으로 갔다. 우리 두 사람이 처음 만난 날의 기념행사가 바로 이것이다. 우리는 젊은 날의 그때처럼 어깨를 나란히 하고 녹색으로 뒤덮인 수목 밑을 걷는다.

멀리 또는 가까이에서 뻐꾸기 우는 소리가 들린다. 맑은 시냇가에서 낚시를 하고 있는 사람들, 이처럼 아름답고 눈부신 계절에 우리는 하나님의 인도로 서로를 만나게 되었던 것이다.

*이웃 사랑

"이웃을 사랑하라고 하나님께서는 명하셨습니다. 전 인류를 사랑하는 것이 아니라 이웃을 말입니다."

이노키 목사님의 말씀을 곰곰이 생각해 본다.

직장에 나가면 옆 책상에 앉은 사람이 이웃이고, 맞은편에 앉은 사람도 이웃이다. 학교에 가면 학급생들이 모두 이웃이다. 집에 돌아오면 인근에 사는 사람들은 물론 친척 가족들도 모두 이웃이다.

이러한 자기 이웃을 사랑하기 위해서는 구체적인 행동이 필요하다. 아침저녁으로 하는 인사를 시작으로 적극적인 친절을 베풀지 않으면 안 된다. 남편도 이웃이고 시어머님도 이웃이다. 이러한 이웃을 사랑하는 것도 대부분의 사람들은 만족하게 하지 못한다. 그것은 곧 전 인류를 사랑하는 것만큼 어려운 것이리라.

***체험**

아무리 크나큰 체험을 했다 하더라도 마음속 깊은 곳으로부터 받아들이지 않는다면 그 경험은 조금도 자기를 성장시키지 못한다. 암이라는 중병을 체험하고서도 말이다.

지금 내가 깨닫고 있는 것은, 일체의 체험은 신을 마주하고 이루어지지 않는 한, 그 의미의 대부분을 상실하고 만다는 생각이다.

전쟁이 남긴 것들

* 죽음과 전쟁

『사랑의 천재』 제1회분이 실린 〈소설신조〉가 배달되어왔다. 약간 낯이 뜨겁다. 니시무라 히사초 선생의 고결하고 유례없는 신앙을 배우며, 그 생애를 써 내려가야겠다.

하루종일 피로하다.

저녁 6시부터 시작되는 비핵선언 운동의 발족회가 있는 날이다. 나는 이 발족회의 호소인의 한 사람으로 출석, 발언했다.

"나는 요즘 하혈을 하고 현미 수프로 연명하고 있습니다. 어떤 분은 저의 집에 찾아와서 계속 현미 수프로 연명하고 있는 나에게 '그렇게까지 하시면서 살고 싶으시다니……'하며 안타까워합니다. 나는 서슴없이 말합니다. '생명이 아깝다'고요. 자기 목숨을 아껴야 합니다. 자기 목숨이 아깝기 때문에 남의 목숨도 아깝게 여겨지는 것입니다. 제가 비핵선언 도시를 지향하는 이 모임의 호소인이 된 것은 목숨이 아깝기 때문입니다. 그렇습니다. 누구의 목숨도 아까운 것입니다."

처음에는 '네 원수를 사랑하라'든가, '네 이웃을 사랑하라'는 말씀으로 시작하려던 것이었으나, 생각해 보면, 자기 목숨을 아끼기 때문에 남의 목숨도 아끼게 된다는 생각이 더욱 절실한 것이다.

일본인은 목숨을 아깝게 생각하는 것에 대하여 경멸감 같은 이상한 감정을 가지고 있다. 이를테면 목숨을 초개와 같이 버리는 것을 미화하는 생활 감정을 지니고 있다는 말이다.

이 감정이 바로 자살을 찬미하고, 전쟁 중에는 가미카제 특공대를 탄생시켰다. 만일 세계의 모든 젊은이가 죽는 것을 싫어하며 전쟁을 혐오하고, 죽임을 당하는 것도, 죽이는 것도 싫다고 하며 징병을 거부한다면 전쟁은 결코 지속되지도 아니 일어나지도 않으리라.

아니, 그러기 전에 인간은 어떻게 살아야 하는가? 인간이 인간을 어떻게 죽이는가? 이 지극히 당연한 진리를 세계의 모든 사람들이 한결같이 생각하고 있다면 전쟁이 인류 최대의 죄악이란 것을 인정하며, 국제분쟁은 모두 대화로써 해결해야 한다고 안식하게 되면 전쟁은 결코 일어나지 않을 것이다.

텔레비전에서 누군가 한 말이 떠 오른다.

"대화가 이루어지지 않으면 즉시 전쟁으로 해결하려고 합니다. 만일 그런 식으로 한다면 이건 폭력 단체나 다를 바가 무엇입니까?"

도대체 무기를 사용하고 싶어 하는 사람들은 누굴까? 아니 무기를 제조하고 싶어 하는 사람들은 누굴까? 말할 것도 없이 무기를 만드는 사람은 그것으로 이득을 보려는 사람일 게다. 만일 아무리 무기를 만들어도 이득이 없다면 아무도 무기를 만들려고 하지 않을 것이다. 이득이 되니까, 단 한 방으로 몇십 만의 인명을 앗아가는 무기를 서슴없이 만들어내고 있는 것이다.

더구나 모든 나라가 핵무기를 가지게 되면 전쟁 방지가 될 수 있다고 말하는 사람들도 있다. 그러나 전쟁은 무기가 없으면 일어나지 않지만, 무기가 있는 이상 언제든지 일어나게 마련이다.

인간이 동물과 다른 것은 말이 있기 때문이다. 말로 해결되지 않는 것이 전쟁으로 해결된다고 믿지는 않는다. 우리는 인간끼리다. 동물이 상대가 아니다. 어리석은 죽이기 경쟁을 하지 말자. 먼저 죽이고 싶다는 발상은 인간으로서 할 일이 아니라고 생각한다.

무더운 7월, 이 더운 기온 중에도 등골을 오싹하게 하는 모리무라 세이치 씨의 『속편 악마의 포식』을 읽고 그 추천사를 쓴다.

"이 책에 관한 한 더 이상 선전도 광고도 불필요하다. 이 책의 독자는 반드시 마음의 충격을 받고 다른 사람에게 그 말을 전달하지 않을 수 없기 때문이다.

이는 매우 강렬하게 전쟁을 고발한 책이다. 전쟁이

어느 정도나 우리들의 인간성을 왜곡시키고 극악스런 성격을 형성하게 되는가를 이 책은 극히 냉정하게 그리고 극명하게 고발하고 있다. 이는 다시 말해서 '인간이란 도대체 무엇인가?'라는 인간 근원에 대한 진실한 질문인 것이다.

저자 모리무라 씨의 커다란 인간애와 용기에 대해 절대적인 존경을 갖지 않을 수 없다."

나는 단숨에 써 내려갔다.

*콜베 신부

밤에 남편은 홋카이도 신문의 키다노 기자의 초청으로 영화 '콜베 신부'를 관람하러 갔다. 크게 감명을 받았다고 한다.

나는『빙점』에서 자신의 구명대를 젊은 여성에게 양보해 주고 죽은 선교사의 이야기를 썼다. 이것은 15호 태풍으로 도야마루호가 침몰했을 때 실제로 있었던 일이었으나, 콜베 신부가 아우시비츠의 가스실에 대신 들어갈 때는 그 이상의 냉혹한 상황이었으리라. 이러한 사람들이야말로 바로 '세상의 빛'이요, '지상의 소금'이라고 할 수 있지 않을까?

아무리 면역이 된 현대인이라 할지라도 콜베 신부나 스톤 선교사의 이야기를 들으면 몸에 긴장감을 느끼지 않을 수 없을 것이다.

세상에는 숫자를 믿는 멋대로의 정치가가 많지만, 비록

적으나마 하나님과 함께 하는 사람들의 영원한 생명을 보여 주지 않을 수 있으랴. 그리스도를 믿는 사람들은 다수파에 영합되어서는 안 될 것이다. 넓은 문으로 들어오는 자는 많지만 좁은 문으로 들어오는 자는 적다. 그러나 좁은 문으로 들어오는 자만은 스스로 자랑으로 여길 것이다.

가을이 깊어간다.

아사히 신문 문화란에 〈증오에서 물러나간 정열〉이란 제목하에 소노 아야꼬 씨가 콜베 신부에 대해 쓰고 있었다.

콜베 신부가 아우시비츠 강제수용소에 있을 때, 한 남자가 탈주했다.

나치는 그 본보기로 탈주한 사람 대신 10명의 포로를 아사실餓死室로 몰아넣었다.

그 10명 중 한 사람이 크게 울부짖었다.

"불쌍한 나의 아내와 아이들을……"

이리하여 콜베 신부가 그 사람을 대신하여 아사실로 들어갔다.

이것은 유명한 이야기이다. 콜베 신부는 같은 방에 갇혀 공포에 떠는 죄수 아닌 젊은이들을 위로했다.

"무서워할 것 없네. 죽음이란 그렇게 무서운 것은 아니니까 말일세."

금년에 암을 수술한 나는 문득 죽음을 생각한 때가 있었다. 문득 생각했다고 했지만, 실은 매일같이 죽음을 생각했던 것이다.

이 세상 어디를 찾아보아도 '나'라는 인간은 없다. 이 세상의 어디에도 내가 없다는 것은 이상하게도 기분이 좋지 않다. 이런 사실을 날마다 생각했던 것이다.

"그러나 죽음은 그렇게 무서운 것이 아닌지도 모른다."

콜베 신부의 이야기를 듣고 나는 생각한다.

콜베 신부는 다른 사람을 대신하여 아사실로 들어갔다. 아사행은 물도 주지 않고 괴로워하다가 죽도록 만드는 가혹한 형벌이다.

피가 달아오르는 이 형벌에서 최후까지 살아남은 사람은 콜베 신부였다. 아사실의 동료들에게 하나님의 사도로서 위로와 힘을 주려고 한 마음이 신부님으로 하여금 끝까지 살아남게 하였던 것이다.

쉽게 죽지 않은 신부님은 마침내 독약 주사를 맞고 죽었다. 분명히 콜베 신부는 '죽음이란 그렇게 두려운 것이 아님'을 체득한 분이었다.

나는 콜베 신부의 이야기를 읽고, 그 죽음을 음미하면서 이런 생각을 했다.

'죽음은 개인의 문제이면서도 개인만의 문제가 아니다.'라고.

*변명은 죄악보다 나쁘다

넌픽션 작가인 사와지 여사는 『또 하나의 만주滿洲』 취재차 만주로 간 일이 있었다.

여사는 그곳에서 많은 중국인들이 일본인 앞에서 학살당한 경험들을 지니고 있음을 알았다고 했다.

"그 당시의 정부 사정으로 저지른 과오로서 '침략'이 '진출'로 되어 버리지 않도록 우리들은 우리들의 손으로 각자가 우리 자신의 역사를 써 두지 않으렵니까?"

올리브회에서의 사와지 여사의 연설은 대단한 반응을 불러일으켰다.

나는 청중들로부터 확실하고도 긍정적인 반응을 느끼며 나 자신도 공감했다.

사와지 여사의 연설 내용과 같이, 확실히 전쟁을 체험한 사람들은 그 체험을 음미해야 하며, 젊은이들은 또 그들의 부모로부터 부모님이 받은 체험을 스스로 귀로 듣고 적어둘 책임과 의무가 있다고 생각한다.

그처럼 수많은 사람들의 기록이 각 가정에 남아 있는 한 정부는 '침략'을 '진출'로 바꿀 수는 없을 것이다.

우리들 선민의 기록은 그와 같이 귀중한 역할을 지니는 것이다. 우뢰와 같은 박수 소리를 들으며 나는 청중의 그 박수 소리가 하나의 대답이라고 생각했다.

이란 속담에 이런 말이 있다.

'변명은 죄악보다 나쁘다.'

이 연설회를 주최해 주신 『주부의 벗』 사에 감사한다.

*하나님의 후회

오늘은 원자폭탄 희생자 추도 일이다. 종일토록 원폭의 비참함이 머리에서 떠나지 않는다.

인간의 지혜, 이 지혜라는 말은 결국 인간의 어리석음이란 말로 귀결되는 것이다. 『구약성서』 가운데서 하나님은 인간을 창조하신 것을 후회하셨다고 씌어 있다. 꽃이나 다른 동물을 창조하신 것은 후회하지는 않았으나, 다만 인간을 창조하신 일만은 후회하셨다는 것이다.

*패전과 종전

패전 기념일. '패전'이란 말과 '종전'이란 말 가운데, 어느 것을 쓰는 사람이 더 많을까?

전쟁을 모르는 청년들이나 주부, 아이들에게 8월 6일의 원폭기념일에서 8월 15일 패전의 날까지의 10일간을 하루도 쉬지 않고 전시하의 체험을 경험하게 하면 어떨까? 국민 전부가 그 체험을 다시 재연하면 어떨까?

밤에는 바늘끝 만한 불빛도 밖으로 비치게 해서는 안 된다. 어느 일정 기간은 촛불 정도의 전등빛 밖에는 송전하지 않는다. 먹는 것은 배급제. 생선가게에 가도, 고깃간에 가도 살 것은 없다.

이런 정도의 것만이라도 체험한다면 전쟁은 멋있는 것이라는 등의 전쟁 미화론은 나오지 않을 것이다.

전쟁이란 요컨대 죽이는 것이며 죽임을 당하는 것이다. 어떠한 이유에서는 전쟁은 국민들이 모르는 사이에 계획되고 폭발하며 국민들을 몰아치게 된다. 전쟁이란 식량도, 의복도, 집도, 사람마저도 모두 통제해 버린다. 밖으로 나간 아버지나 형제가 돌아오지 못하는 예가 비일비재하다. 영원히 돌아오지 않는 것이다.

오늘 아침까지 멀쩡했던 우리 집도, 우리 거리도 저녁에 이르러 잿더미로 화하게 되는 것이다. 모든 것이 사라지는 것이다. 그런데 무엇이 멋있단 말인가?

오늘을 사는 지혜

*사랑한다는 것

도쿄에서 K가 왔다. 6개월 동안이나 보지 못했으니, 그동안 흰 머리가 더 많아졌으리라고 생각했는데, 그렇지가 않았다. 요 몇 년 동안은 머리에 염색을 한다고.

"이혼하기로 했습니다."

K가 말문을 연다.

"그런데 이상한 얘기지만, 만일 내가 다시 태어난다고 하더라도 그 사람과 결혼할 것 같은 생각이 드는군요."

이 마지막 말이 나로 하여금 더욱 애절함을 느끼게 한다.

고인이 된 마에카와 다다시 씨의 탄신 30주 기일이다. 세상을 떠난 지 30년이나 지난 사람의 탄신일을 생각하노라니 불현듯 이상한 느낌이 든다. 인간에게는 과거가 현재로 될 수 있고, 미래 또한 현재가 되기도 한다. 현재라는 하나의 시점에 과거도 현재도 살아 있는 것이다. 비록 그렇긴 하지만, 그가 지금 살아 있다고 해도

62세밖에는 안 되니 생각하면 묘한 기분이 든다.

*한때의 즐거움

소학관 〈아마〉 지의 원고를 다 쓴 뒤 남편과 함께 근처에 있는 어린이 공원에 갔다. 맑은 날씨가 계속되더니 어느덧 공원의 풀도 메말라 간다.

계집아이 두세 명이 놀고 있다가.

"미우라 아줌마!"

"아줌마!"

하며 달려 온다.

"다들 잘 있었니?"

내 가 묻자, 모두 고개를 끄덕이며 기쁘고 만족한 얼굴로 그네 쪽으로 달려간다.

*보이지 않는 사랑

밤에 무라다 가즈꼬 여사가 미스 존 페트러를 데리고 놀러 왔다. 언제나처럼 아름다운 장밋빛으로 빛나는 존의 뺨, 남편과 어울려 세 사람이 영어로 이야기를 나눈다. 나는 외톨이로 앉아 있다.

그러나 세 사람의 말에 대해서는 아무것도 알아들을

수 없지만, 그런대로 즐거운 한때를 보냈다. 인간에게는 말보다도 중요한 것이 있다. 보이지 않는 애정 같은 것, 새삼스럽게 이런 생각을 해본다.

*이웃의 사랑

호지 히데다키 씨가 다키노 우에로부터 앵두를 보내주셨다. '다키노 우에'는 남편 미우라의 부친이 다이쇼大正 시대에 개척자로 들어간 곳이다. 울창한 원시림 속에서 큰 나무들을 한 그루 한 그루씩 혼신의 노력으로 베어 넘기며 개간한 땅인 것이다. 나무가 하나둘씩 큰 소리를 내며 쓰러질 때마다 환성을 올렸다는 시아버님, 새로운 감동을 느끼며 앵두를 든다.

남편은 후쿠시마에서 들어가고, 호지 씨 댁에서는 시고쿠에서 들어가 함께 만나 이웃이 된 개간지 '마카노 우에' 어렸을 때의 남편은 호지 부인으로부터 많은 귀여움을 받은 것으로 알고 있다.

'가을은 깊었는데,
이웃 사람들은 무엇 하는 사람들인가?'

이 시의 귀절처럼 도시인의 생활과는 달리, 아직도 곰이 나온다는 산간지방, 그러나 따뜻한 이웃의 사랑이 넘쳐 흐른다.

＊오늘은 다시 오지 않는다

미열이 여전히 사라지지 않는다. 어디에 무엇이 있기에 열이 나는 것일까.

"나로다. 두려워 말라!"

그리스도의 이 말씀이 오늘 따라 유난히 가슴에 와 닿는다. 체중 42킬로. 1킬로가 줄었다.

인간이란 매일 되풀이할 수 없는 생명을 살고 있음에도 왜 이다지도 평범하게 살고 있을까? 좀더 자신의 생을 깊게 할 수는 없을까? 일기를 쓰노라면 자신의 천박한 생활 방식이 자꾸만 눈에 띈다.

＊죽음의 노래

학습연구사 『베르마만』 지의 수상隨想 〈단가에 붙여〉의 자료를 조사, 이 달에는 아픈 사람의 시를 제재로 택했다.

부풀어 오른 주름살은
번갈아 눈꺼풀을 뒤엎어
눈이 떠지지 않으니

아, 이제는 죽으려는가

이토오 다미꼬의 노래에 숨을 죽인다. 무어라고 형언할 수 없는 장렬함, 참으로 대단한 의욕적인 창작이다.

*편지

조카 다츠꼬로부터 편지가 왔다.

"23일 보내주신 셔츠와 수건 고맙습니다.

요즘 세탁물이 마르지 않아 난로를 피워 말리고 있습니다. 특히 목욕수건을 보내주시어 도움이 되었습니다. 오늘 밤부터 남편에게 쓰도록 할까 합니다.

별고 없으신지요? 아이들이 방학을 하여, 아침부터 잘 때까지 하루종일 신경이 곤두섭니다. 하루에도 수없이 들락거려 '신발을 정돈해라!' '문 닫아라, 파리가 들어 온다!'하며 잔소리를 늘어놓다가 보니, 나중에는 될 대로 되라는 식으로 생각하게 됩니다……"

다츠꼬가 사는 쿠시로의 여름은 안개 끼는 날이 많다. 같은 혹카이도이건만 그 기후는 건조하고 뜨거운 아사히카와와는 크게 다르다.

그건 그렇고, 이 편지는 매우 잘 쓴 글이다. 판에 박은 것이 아니고 생활의 실상이 그대로 나타나서 좋다.

* 친구

"사탄은 집요하고 부지런하다."

나츠모토 호로 목사님의 말씀이다.

과연 그렇다. 사탄은 집요하게 어디까지나 우리들 인간을 타락과 나태로 유혹한다. 그것이 그들의 일이다. 그러니까 이쪽은 사탄 이상으로 노력하지 않는 한 금세 타락하고 만다.

저녁에 지하라 씨가 내방. 남편과 바둑을 둔다. 바둑 손님은 조용하여 있는지 없는지를 느끼지 못할 정도로 찰칵찰칵 알을 놓는 소리가 고요함을 더욱 깊게 한다. 생각하는 게임이란 좋은 것, 바둑을 두는 두 분을 옆에서 보면서 '좋은 얼굴'이란 느낌이 든다. 고요히 정좌를 하고 무슨 도 닦는 사람 같은 엄숙함이 있다.

만일 내가 먼저 죽더라도 남편에게는 바둑 친구가 있다는 생각이 얼핏 든다. 교회의 친구 못지않게 마음이 따뜻하고 진실된 사람들이다.

* 한국에서 온 이웃

한국에서 김인수 씨, 정석룡 씨, 최옥선 씨가 오셨다. 한국의 부인잡지 〈주부생활〉에 나의 인터뷰 기사를 싣기 위해 오신 것이다. 〈주부생활〉은 일본 잡지와 거의 체제가 같아 친밀감이 있다. 나의 작품 전집이 한국에서 출판된다고 들었다. 처음 듣는 말이지만, 어쨌든 읽어 주시면 고마운 일이다.

* 고독으로부터 오는 것들

아침 일찍 깨어 창문을 통해 하늘을 쳐다보았다. 가라앉은 듯한 노르스름한 하늘이다. 문득 '여명은 황혼보다 쓸쓸하다'는 생각이 들었다. 사람들이 모두 잠들어 있는 탓일까? 저녁때보다 육체적으로 고독한 느낌.

저녁때 네무로에서 겐네츠 오빠가 꽃게 두 마리를 가지고 왔다. 게 중에서도 꽃게가 내 입에 맞는다. 몇 년 전 여름이던가, 남편과 함께 네무로에 갔을 때 꽃게 파는 가게에 들른 적이 있었다. 살아 있는 꽃게 가게가 큰 길가에 줄지어 있었다. 어느 가게나 할 것 없이 물이 부글부글 끓는 큰 솥을 걸어 놓고 거기에 산 꽃게를 넣어 삶아 익혀 팔았다. 그때의 신선하고 향기로운 맛이 잊혀지지 않는다.

* 영혼이 머무는 자리

오늘 아침의 꿈에 교회의 키무라 고오노쿠 씨를 보았다. 꿈에서 키무라 씨를 본 것은 처음 있는 일이다.

그런데 오후에 그 키무라 씨가 문병을 오셨다. 이것 역시 텔레파시일까?

나에게는 자주 이런 일이 있다. 그 사람을 생각하고 있으면 전화가 오거나 편지가 오거나 한다.

"표고버섯을 사야겠다……"

이런 생각을 하면 누구에게선가 표고버섯이 선물로 오곤 한다. 이건 대체 무슨 일일까?

*십자가의 의미

인간에게는 육체의 생명보다 더욱 중요하고도 진정한 생명이 있다.

'이 종교를 믿으면 병이 낫는다.'

이런 따위의 글귀는 그리스도의 말씀 중에는 한 조각도 없다. 그리스도의 가르침을 받으려 하는 자에게 그리스도는 말씀하신다.

'자기의 십자가를 지고 따라야 하느니라.'

그리스도를 따르는 것은 십자가를 진다는 의미인 것이다.

누군가가 이렇게 말한 것이 떠오른다.

"십자가를 지고 걸으니, 어느 사이엔가 십자가가 우리를 메고 걸어 준다."

* 문자판이 없는 시계

밤에 문득 여학교 시절의 가네다 야스코 선생님이 떠올랐다. 여학교 4학년 때, 단 1년 동안밖에 배우지 않았지만 묘하게도 마음에 남는 선생님이시다. 여자 고등사범을 막 나온 물리 교사였다.

이 선생님이 좋아서 내가 전 학년에서 물리 점수가 1등이었다. 선생님이 좋으면 그 학과의 성적이 올라간다. 사랑이란 묘한 것이어서 불가능을 가능하게도 만들고 원한을 잊게도 한다.

지바에 살고 계시는 선생님을 생각하면서, 그분의 시집 『문자판이 없는 시계』를 펴 보았다. 〈바라보다〉라는 시가 눈길을 끌었다.

> 피사의 사탑을 올려다보며
> 종의 기원을 믿는 나는
> 기적 때문에 당신을 믿지 않는다
>
> 지구의 관을 보내는 날까지
> 당신은 사람들의 피의 기도에
> 응하지 않으리라

시는 마지막으로 이렇게 끝맺고 있다.

끊임없이 두 가지 중에서
하나를 선택하지 않으면 안 될 선택의 기적
이를 부정했을 당신을 바라본다.

사랑한다는 것은 응석을 부리게 하는 것이 아니다. 엄한 것도 아니다. 용서하는 것, 참는 것, 희망을 가지는 것, 불의를 싫어하는 것, 초조해 하지 않는 것, 오만하지 않는 것, 원한을 품지 않는 것이라고 성경에 씌어 있다.

*사람과의 만남

사람과의 만남이란 이상한 것이다. 내가 우라시나이의 탄광촌에서 40년 전에 가르친 그곳 아이들의 꿈을 꾸었다. 2년 4개월 밖에 근무하지 않았는데 얼마나 그리운 추억인가.

특히 4개월 밖에 근무하지 않았던 몬쥬의 분교가 그립다. 복도도 없고, 화장실도 밖에 있고, 종도 없던 분교, 발에 힘을 넣어 걷노라면 바닥의 판자가 내려앉을 것만 같던 허술한 교실. 가토 가즈이치 군의 눈은 늘 반짝이고, 한국으로 돌아간 이토 사이헤이는 언제나 씩씩 웃고, 지에쿠레의 유머는 모두의 마음을 즐겁게 했다.

세월이란 눈물도 용서도 없나 보다.

* 기억력

오후에 〈홋카이 타임즈〉의 쿠마스지 노비키 기자가 내방, 쌀에 대한 문제로 인터뷰.

초면의 인사를 하려는 나에게,

"저는 초면이 아닙니다." 하고 그는 말했다.

"아, 그렇습니까?"

하여튼 사람의 얼굴과 이름을 잊어버리는 것은 나의 특기 중의 특기이다.

인터뷰가 끝나자, 쿠마스지 씨가 말했다.

"전에 만났을 때의 일을 잊으셨습니까? 나를 나무라시던 일 말입니다."

그 말을 듣고서야 나는 퍼뜩 생각났던 것이다. 무슨 일인가 있어 나는 〈홋카이 타임즈〉 기자에게 항의한 일이 있었다.

그러나 그때 담당자는 대단히 겸손하게 진실이 넘치는 사죄장을 보내왔었다. 나는 그 편지에 감명을 받고, 그 사람의 인품에 탄복했었는데, 그가 바로 쿠마스지 씨였던 것이다.

다시 태어나는 생

*생의 마지막 말

일요일. 남편과 함께 교회에 나갔다. 시가 목사님의 설교가 가슴에 울려 온다. 작가 섬머세트 모음은 그의 만년에 '나 자신은 대단히 나쁜 놈으로, 비참한 인생이었다.'고 회개했다는 말씀이다.

어떠한 인생을 보냈든 간에 이러한 회개의 고백은 가슴을 뭉클하게 한다. 사람이 회개하는데 나이가 있겠는가? 그리스도와 함께 십자가에 못 박힌 강도 중의 한 사람 바라바는 죽기 직전에 회개하여 그리스도의 축복을 받았던 것이다. 죽기 직전이라도 좋다. 진정으로 회개하는 인생이라면.

*부모님의 뒷모습

맑음. 경로의 날.

경로일이 마침 맑은 날이어서 기쁘다. 만약 어두컴컴한 비

오는 날이라면 얼마나 노인들은 쓸쓸해 하겠는가?

생각해 보면, 나의 부모님도 이미 세상을 떠나시고, 시어머니도 돌아가셨으니 경로의 날이 쓸쓸하게 되었다. 아버지를 잃은 뒷모습이나, 어머니를 닮은 기모노 모습의 노인을 보면 불러보고 싶은 그리움에 목이 메인다.

*젊음이 있던 곳

5월에 수술한 뒤부터는 교외로 나간 일이 드물다. 남편이 내게 말했다.

"삿포로 취재에 나가기 전에 체력의 연습 삼아 아이베츠라도 가볼까?"

나는 손뼉을 치며 좋아했다.

아이베츠는 예전에 남편이 산림청 근무 당시에 가끔 출장을 갔던 곳이다. 남편의 발자취가 서려 있는 곳이라면 그곳이 어디든 나도 찾아가 보고 싶다. 비록 평범하고 볼 것 없는 곳이라 하더라도.

오후에 전세 차를 불러 둘이서 출발했다. 가는 길에 진홍빛의 마가목 열매가 가을 햇살에 매우 신선하게 반짝인다. 몇십 년 보아 오던 마가목이 신선하게 보인다는 것, 이것은 위기에서 벗어나온 자의 감동이라는 것일까? 벌써 누렇게 영그는 황금색의 논도, 나에게는 이미 평범한 풍경이 아니다. 천지를 창조하신 하나님과 죽음의 늪에서 쾌유된 나와의 강한 유대를 거기서 느낀다. 진실한 실존을 뼛속 깊이 체험한다.

20킬로쯤 달려서 아이베츠에 도착했다. 아이베츠의 거리에서 교오와 마을로 자동차가 미끄러져 들어갔다. 길 양 옆으로는 여전히 논이다. 작은 초등학교 앞에 도착하니 경로의 날 행사가 있는 듯 학교 건물에 현수막이 걸려 있었다.

차에서 내려 교정을 들여다보았다. 지금 막 잔치가 끝나서 남녀 노안들이 일어서려는 참이었다.

교정으로 들어갔다. 불도저가 산허리에 달라붙어서 공사를 하고 있었다. 건너편의 급경사면에서는 남자 둘이서 삽으로 계단을 하나하나 만들고 있는 모습이 보였다. 댐 공사인가보다.

*삿포로의 지난 시간들

마침내 삿포로에 나갔다. 전기 『사람의 천재』의 취재를 하기 위해서였다. 삿포로에 도착하자마자 오후 6시에서 11시까지 초밥집 '칠복'에서 니시무라 요오헤이 씨와 니시무라 마코도 씨로부터 취재를 했다.

생전의 히시쿠라 선생을 머리에 떠올리면서 위대한 인간이란 것은 때로 친근한 사람에게는 두려운 존재라고 새삼스레 생각한다.

높은 산에는 언제나 난기류가 발생한다. 비행기는 함부로 가까이 못 간다. 그와 비슷한 것이 위인이나 현인에게 없다고 할 수 없다. 어쨌든 두 분의 이야기를 듣고 니시무라 히사쿠라라는 인품에 더욱 마음이 끌렸다.

*부부라는 관계

조카딸 F가 아르바이트 차 왔다. 갑자기 정색한 얼굴로 F가 말한다.

"저…… 백모님, 실례되는 것을 여쭙겠습니다만, 괜찮을까요?"

"좋아. 아무거나 물어보거라."

여고 2학년의 F양이 약간 얼굴을 붉히며 말한다.

"백모님은 백부님과 키스를 해 보신 일이 있으세요?"

"그럼, 그거야 당연하지 않니? 부부니까 말이다."

"네에? 키스한 일이 있으시다구요?"

F양은 찬찬히 나의 얼굴을 훑어보면서,

"저…… 그 이상의 관계를 가진 일도 있으세요?"

라며, 아주 진지한 모습이다.

"우리들은 부부란다."

"그럼 키스 이상의 관계를 가졌다는 뜻인가요?"

"그래."

"정말이세요? 백모님도 역시 보통 여자시군요."

F양은 실망한 듯이 말했다.
아무래도 우리 부부는 이상스런 부부로 보이는 모양이다. 남편의 조카딸들도 언젠가 나에게 물었다.
"숙부님께도 정욕이 있나요?"
마치 그냥 친구끼리 함께 알고 있는 것처럼 생각하는 듯하다.

*아이들의 목소리

산책길에서 자전거를 탄 일곱, 여덟 살짜리 아이들 몇 명을 만났다. 앞을 보지 않고 길 가득히 줄지어 달리고 있어서,
"차 조심해라!"
라고 했더니, 그중 한 아이가 자전거를 세우며 묻는다.
"아주머니, 교회 다니세요?"
정직한 목소리다. 그러나 주의를 주는 것은 교회에 나가는 사람이라고 생각하니 왠지 기분이 이상했다.
저녁에 어두워지자 요시카와 쇼오코 씨 댁을 방문했다. 신축 축하를 하기 위해서다. 정면 현관에 벽돌을 사용한 하이센스의 집. 따뜻하고 아름다운 집에 친구가 살고 있다는 것은 기쁜 일이다. 특히 쇼오코 씨는 세 살 적부터의 친구이다.
돌아오는 길에서 순코오다이에 차를 세우고 아사히카와 거리를 바라보았다. 도쿠도미 아시바나의 소설『기생목』의

무대가 되었던 이 순코오다이. 여기서 아사히카와의 아름다운 거리의 불빛을 바라보는 것은 몇 해만의 일인가? 또 언제 다시 이곳에 올 수가 있을지?

***확인하는 눈(目)**

오자키 미치꼬 여사로부터 새로 나온 시집이 증정되어 보내왔다.

겨울
몸을 짜는 듯한
1월의 추위와
발밑을 흔드는 눈보라에
홀연히 맞서는
기백 같은 것
나에게는 없다
숨을 죽이고
큰 자의 힘이
흔들리는 일순을 기다린다
그냥 눈만은
똑바로 뜨고
끝까지 확인하려고

이것이 그녀의 최고의 걸작이라 생각하고 여러 번 되풀이해서 읽었다. 여성이 모두 끝까지 확인하려는 눈을 가진다면 틀림없이 달라진다.

* 소크라테스의 말

"결혼하는 것이 좋은가, 아니면 안 하는 것이 좋으냐고 묻는다면, 나는 어느 쪽이든 후회할 것이라고 대답하겠다."

소크라테스의 말이 문득 생각난다. 소크라테스의 아내는 악처였다고 한다. 그리고 이 말은 그것을 틀림없이 말해 주고 있는 것이다. 그런데 세계 속의 몇 퍼센트의 사람이 이 소크라테스의 말에 찬성할까?

나는 결혼 이후, 단 한 번이라도 결혼을 후회한 일이 없다. 아니 후회하기는커녕, 결혼하여 27년이 지났는데도 매일같이 감동하고 있다. 남편 미우라의 마음속에서 매일 새로운 진실을 보기 때문이다.

* 예술은 다시 태어나는 삶이다

거적을 쓴 석란화와 진달래를 보노라니 문득 조용히 겨울이 시작되는 듯한 느낌이 든다.

겨울이 오고 하얀색으로 세상이 뒤덮이고, 봄이 오면

여름이 오고 가을이 온다. 그것은 결코 범상한 일이 아니다. 하나하나에 하나님의 뜻이 서려 있는 것이다.

베토벤은 말했다.

"참된 예술가란 결코 오만하지 않는 자다. 왜냐하면 진정한 예술가란 불행하게도 예술은 영원하다는 것을 알기 때문이다."

즉, 예술에는 목적지가 없다는 뜻이리라. 그것은 실로 하나님의 사랑의 위대함을 생각하게 하는 말이 아닐까? 우리들에게 내려지는 하나님의 사랑도 끝이 없다. 가혹한 겨울도, 아름다운 봄도 모두 하나님께서 내려 주시는 것이다. 고난도 기쁨도 모두 하나님의 계획 속에 있는 것.

"겨울이 오면 봄이 멀지 않다. 하혈下血 역시 감사해야 할 일이다."

옮긴이의 말

감성작가로 알려진 미우라 아야꼬三浦綾子가 문단에 데뷔한 것이 지금으로부터 20여 년 전인 1961년이었으니, 매우 늦은 출발이었다고 할 수 있다. 그러나 그녀가 발표한 수많은 작품들은 이미 우리나라에서도 번역 출판되어 그를 아는 독자들은 많으며 세계 여러 나라에서도 번역 소개되고 있다.

그녀의 작품 속에서는 어디서나 종교적 냄새가 물씬 풍긴다.

이것은 그녀가 독실한 그리스도교 신자라는 점도 있겠지만, 그보다도 그녀가 어렸을 때부터 지금까지 오로지 인간으로서의 애환과 인생의 유전流轉을 수없이 겪어 온 휴머니스트란 점에 더 큰 까닭이 있을 것이다.

이 책에 수록된 산문을 가운데 실린 단가短歌들도 역시 그런 면에서 읊어진 것이 대부분이며, 그녀는 이 시들에 대한 느낌을 선명하고 간결하게 표출시켰다.

단가라 함은 우리나라의 시조時調에 유사한 형식인 가곡으로서 물론 한시漢詩에 그 원류를 두고 그것을 현대화한 것이다. 그녀는 이에 대해 하나의 장편소설, 또는 콩트라고 이름하면서 인간의 절규라고 규정한다.

그녀가 세상을 등진 지도 이미 20여 년이 되었다. 역자가 일찍이 일본에 가서 그녀를 만났을 때가 회갑을 앞둔 때였다. 인생으로서는 만년기에 접어든 그녀였지만, 소녀같이 맑고 청순한 모습에 유난히 맑은 눈빛에는 언제나 미소가 감돌고 있었다.

이때 그녀는 사랑을 강조하기도 했다. 물론 그 사랑은 이성 간의 사랑뿐 아니라 보다 큰 의미의 인류애를 말하는 것이리라. 나는 그때 우리나라 관습대로 할머니라고 불렀다가 가벼운 핀잔을 받았던 일이 생각난다.

백발이 성성한 그녀를 보고 한 말이었는데, 그녀는 웃으며 "이건 염색한 건데요!"라며 티 없이 웃던 애띠기만 하던 그 얼굴에 난 지금도 미안한 생각이 든다. 그리고 그녀는 애써 칼럼에 대해서 부정적이었는데, 요 몇 년 동안에 몇 편의 칼럼집이 발표되었다. 아마도 회갑을 지냈기에 이젠 쓸 수 있다는 생각에서일 것이다.

그녀의 근간인 『내일을 기다리며』가 바로 이 책인데, 여기에 실린 작품들을 대하고 나니 반갑기 한량없어 번역에 손을 댔다.

그동안 그녀가 살아온 삶의 모습이 그대로 투명된 글을 하얀 겨울과 같은 투명함과 싸늘함을 동시에 느끼게 해 준다.

이 책을 읽는 여러분의 인생 지표에 조금이나마 도움이 된다면 감사할 따름이다.

끝으로 이 책이 번역 출판되기까지 동지적 입장에서 뒷받침해 주신 문지사 홍철부 사장과 편집자들께 감사드린다.

※이 글은 생전의 임종삼 씨가 1982년 이 책의 초판인 『내일을 기다리며』를 옮기면서 쓴 글임.

미우라 아야코 ~ 산문 시가

인생의 계절

초판 발행 1982년 12월 20일
중판 발행 2019년 7월 30일

미우라 아야코 지음
임종삼 옮김
홍철부 펴냄

펴낸곳 문지사
등록 제25100!2002!000038호
주소 서울특별시 은평구 갈현로 312
전화 02)386~8451/2
팩스 02)386~8453

ISBN 978-89-8308-546-7 (03810)

값 15,500원

*잘못 만들어진 책은 본사나 구입하신 서점에서
교환하여 드립니다.